感悟一生的故事

# 美德故事

曹金洪 编著

北方妇女儿童出版社
·长春·

版权所有　侵权必究

**图书在版编目(CIP)数据**

美德故事 / 曹金洪编著 . -- 长春：北方妇女儿童出版社, 2010.6（2024.3重印）
（感悟一生的故事）
ISBN 978-7-5385-4656-9

Ⅰ. ①美… Ⅱ. ①曹… Ⅲ. ①故事 – 作品集 – 世界 Ⅳ. ①I14

中国版本图书馆CIP数据核字(2010)第083492号

## 美德故事
MEIDE GUSHI

| | |
|---|---|
| 出 版 人 | 师晓晖 |
| 策 划 人 | 陶　然 |
| 责任编辑 | 于　潇　刘聪聪 |
| 开　　本 | 710mm×1000mm　1/16 |
| 印　　张 | 11.25 |
| 字　　数 | 200千字 |
| 版　　次 | 2010年6月第1版 |
| 印　　次 | 2024年3月第6次印刷 |
| 印　　刷 | 旭辉印务（天津）有限公司 |
| 出　　版 | 北方妇女儿童出版社 |
| 发　　行 | 北方妇女儿童出版社 |
| 地　　址 | 长春市福祉大路5788号 |
| 电　　话 | 总编办：0431-81629600 |

定　　价　49.80元

# 前言

是浮华的风带不走燥热的怅然，是盲动的雷也震不醒驿动的灵魂。这世间的一切，太多的幻想，太多的浮华，太多的……只有呼吸着的每一天，才感受到她的价值，她的真实。此刻，生命对于我们来说，只有一次，可以把握，可以珍惜。

于万千红尘中，我们不停地奔波着，劳碌着，快乐着也痛苦着，其目的就是为着生活，为着活着的质量。是血浓于水的亲情带着我们赤裸裸地来到这个尘世，当我们响亮的第一次啼哭，带给父母这一辈子最动听的音乐的同时，我们便与亲情紧密相连，永不可分了。也许前行的路荆棘丛生，也许前行的路坑坑洼洼，也许前行的路一马平川，但我们只要带着亲人们真切的惦念，带着亲人们殷殷的祈盼，就不会迷失前进的方向，就不会沉沦于泥潭沼泽里而不能自拔。

历经人生沧桑时，或许有种失落感，或许感到形单影只，这时，总会有一种朋友，无须形影相随，无须感天动地，无须多言，便心灵交汇，又能获得心灵的慰藉；在饱受风霜时，总会有一种朋友，无须大肆渲染，无须礼尚往来，无须唯美的表达方式，就能深深地感受到一种力量与信心，就能驱动前行的脚步。朋友无须多而在于精，友情也不必锦上添花，而在于雪中送炭。

童话故事里，我们经常看到王子吻醒了沉睡的公主，或是公主吻到中了魔法的青蛙，便可以幸福地结合在一起，永不分开。在这世上，也许有一份真爱可以彼此刻骨铭心到地老天荒，也许有一种真情彼此生死相依到海枯石烂。而这份真情、这份真爱却因世事的沧桑而深入到人们的骨子里，成为人们心中永恒的痛。

爱，有时，真的就是一种感觉，一种魂牵梦萦的感觉；有时，真的就是一种意境，一种心手相携的意境；有时，又会是一种情怀，一种两情相悦的情怀……

也许，真的如他人所说吧，亲情、友情、爱情，抑或其他值得珍惜的情谊，只是一种修为。所有的绝美，也许应该有一个绝美的演绎过程。我们所能做的，就只有把这种"永存"记录下来，让更多人从中获得感悟，获得启迪。

岁月如歌，有一些智慧启发我们的思想；有一些感悟陪伴我们的成长；有一些亲情温暖我们的心房；有一些哲理让我们终生受益；有一些经历让我们心怀感恩……还有一些故事更让我们信心百倍，前进不止。一个个经典的小故事，是灵魂的重铸，是生命的解构，是情感的宣泄，是生机的鸟瞰，是探索的畅想。

这套丛书经过精心筛选，分别从不同角度，用故事记录了人生历程中的绝美演绎。

本套丛书共20本，包括成长故事、励志故事、哲理故事、推理故事、感恩故事、心态故事、青春故事、智慧故事、人格故事、爱情故事、寓言故事、爱心故事、美德故事、真情故事、感恩老师、感悟友情、感悟母爱、感悟父爱、感悟生活、感悟生命，每册书选编了最有价值的文章。读之，如一缕春风，沁人心脾。这些可贵的精神食粮，或许能指引着我们感悟"真""善""美"的真正内涵，守住内心的一份恬静。

通过这套丛书，我们不求每个人都幸福，但求每个人都明白自己在生活。在明白生命的价值后，才能够在经历无数挫折后依然能坦然地生活！

## 与人快乐就是与己快乐

与人快乐就是与己快乐 /语 梅 …………………………………2
为他就是为己 /秋 旋 …………………………………………4
不要向命运屈服 /诗 槐 ………………………………………6
帮助别人的快乐 /雨 蝶 ………………………………………8
相互温暖 /晓 雪 ………………………………………………10
改变人生的8美元 /诗 槐 ……………………………………12
虚设的位置 /雁 丹 ……………………………………………14
拯 救 /语 梅 …………………………………………………16
一杯牛奶 /秋 旋 ………………………………………………19
借来的衣服 /诗 槐 ……………………………………………21
救 助 /千 萍 …………………………………………………23
善 心 /雨 蝶 …………………………………………………25
不轻易麻烦别人 /晓 雪 ………………………………………27

## 🌂 最高尚的事情

善念书写亮丽人生 /忆 莲 ················30
电梯的镜子 /雁 丹 ··················33
没有坏孩子 /采 青 ··················35
我只看到一个儿子 /宛 彤 ··············38
对母亲的敬意 /冷 薇 ·················40
等待邮件的老奶奶 /冷 柏 ··············43
最高尚的事情 /凝 丝 ·················46
最好的消息 /碧 巧 ··················48
鸡蛋酱的余香 /静 松 ·················50
开车回家 /芷 安 ···················52
最别致的礼物 /雪 翠 ·················54
相　信 /雅 枫 ····················56

## 🌂 谅解和友谊

情敌的鲜花 /沛 南 ··················60
最后一个心愿 /语 梅 ·················62
谅解和友谊 /秋 旋 ··················64
老鞋匠的一张支票 /诗 槐 ··············67
关爱的秘密 /千 萍 ··················69
爱的极致是宽容 /雨 蝶 ···············71
生活，就是一面镜子 /晓 雪 ·············73
一棵被风吹倒的大树 /佚 名 ·············75
摩尔小姐的际遇 /忆 莲 ···············77

守时就是信誉 /雁 丹 ……………………………………79

一封短信 /采 青 ………………………………………82

## 🌂 感谢善良

每天都要做出的决定 /向 晴 …………………………86

言而有信最重要 /慕 菡 ………………………………88

被戏弄的窃贼 /宛 彤 …………………………………90

感谢善良 /陈永林 ………………………………………93

不过是损失了两个马克 /语 梅 ………………………96

理 解 /秋 旋 ……………………………………………98

饭盒里的爱 /诗 槐 ……………………………………100

不孤单的中秋 /千 萍 …………………………………102

改变一生的故事 /雨 蝶 ………………………………104

爱的呼喊 /忆 莲 ………………………………………106

没有人拒绝再次付款 /雁 丹 …………………………108

卢梭的忏悔 /采 青 ……………………………………110

那些温暖的瞬间 /丁立梅 ……………………………112

## 🌂 最愉快的一刻

善意的提醒 /张 翔 ……………………………………116

日行一善 /刘燕敏 ………………………………………119

诚实的报偿 /向 晴 …………………………………… 122
被欺骗的感觉 /慕 菡 …………………………………… 124
最愉快的一刻 /宛 彤 …………………………………… 126
我在楼顶看到了天堂 /包利民 ………………………… 128
礼　仪 /流 沙 …………………………………………… 131
逃　票 /冷 薇 …………………………………………… 133
误译绝非偶然 /冷 柏 …………………………………… 135

## 人性的爱抚

人性的爱抚 /马 德 ……………………………………… 138
真正的尊重 /周海亮 …………………………………… 141
感恩是一件幸福的事 /邓 笛 …………………………… 144
5310号，英雄永不沉没 /姜钦峰 ……………………… 147
守住底线 /马国福 ……………………………………… 151
那一次忠诚的背叛 /包利民 …………………………… 153
翅膀的恩赐 /包利民 …………………………………… 156
情人节的木兰 /王 悦 …………………………………… 159
一直等你来 /流 沙 ……………………………………… 161
另一种高贵 /姜钦峰 …………………………………… 163
你一定要呼唤他的名字 /周海亮 ……………………… 165
守时的末班车 /张 翔 …………………………………… 168

## 与人快乐就是与己快乐

给人快乐，自己也得到快乐。快乐是可以分享的，你给别人带来了快乐，别人也会给你增添新的快乐。你给别人以幸福，别人也会给你带来幸福。赠人玫瑰，手留余香。

# 与人快乐就是与己快乐

语 梅

一个居民房里，住着好几户人家，他们共用着楼道、厕所和厨房，因此，打扫这些地方的卫生成了大家共同的分内事。

明明是其中的一员，他妈妈经常主动地打扫楼道、厨房、厕所的卫生，还特意买了刷子、纸篓等，毫无怨言。

有一天，明明又看见妈妈在打扫那些地方的卫生，就对她说："妈妈，您真傻。自己掏钱买刷子、纸篓，让大家公用，您自己还经常倒纸篓、扫楼道。这些别人都没干，您为什么那么积极呢？"妈妈微笑着对儿子说："为大家服务是应该的！"

第二天晚上，明明在家里写作业，写着写着，钢笔没有墨水了。他在家里找了一会儿，发现墨水已经用完了。

此时天色已晚，商店早就关门了，怎么办呢？作业还没写完呢！明明焦急地望着妈妈，妈妈也感到无可奈何。

正好住在隔壁的李阿姨来串门，她发现了明明的难处，就摸着他的头说："墨水用完了？"

## 与人快乐就是与己快乐

"哦,不要着急,我家有。"说完,她赶紧走了出去,不一会儿,她拿来了一瓶墨水,笑着对明明说:"这墨水你先用着,等我们要用的时候再来拿。"于是,她放下那瓶墨水就走了。明明连忙道谢。

这时候妈妈故意对明明说:"这个李阿姨真是太傻了,将自家的墨水送给了别人,她能够得到什么好处呢?"听了妈妈的话,明明愣住了,似乎一下子明白了一个道理,忙说:"妈妈,这不叫傻,这叫互相帮助。"

妈妈见明明渐渐明白了其中的道理,非常高兴,又接着说:"明明,你说得对,李阿姨身体不是很好,刘叔叔工作忙,每天早出晚归,非常辛苦;王阿姨家有个1岁的孩子,每天都忙得不可开交;孙爷爷年纪大了,儿女都在外边,没人照顾。大家住在一块儿,就好比一家人,应该相互帮助,这样才能和睦相处。"

听了妈妈的话,明明惭愧地低下了头,红着脸说:"妈妈,我错了。只有互相体谅、互相帮助,大家才能开开心心地在一起生活。"

## 心灵寄语

与人快乐就是与己快乐,给予是快乐的源泉,给人快乐自己也会得到快乐。快乐是可以分享的,你给别人带来了快乐,别人也会给你增添新的快乐。你给别人以幸福,别人也会给你带来幸福。赠人玫瑰,手留余香。

# 为他就是为己

秋　旋

一个人问上帝:"为什么天堂里的人快乐,而地狱里的人一点儿也不快乐呢?"上帝说:"你想知道吗?那好,我带你去看一下。"

他们先来到地狱,走进一个房间,这时正是午饭时间,许多人围坐在一口大锅前,锅里煮着美味的食物。可每个人都又饿又失望:原来他们手里的勺子太长了,没法把食物送到自己的嘴里,虽然食物很可口,可是他们吃不到,所以一直很痛苦。

上帝说:"我们再去天堂看看吧。"于是他们来到天堂,也是到了一个房间,他们看见的景象是这样的:虽然他们手里的勺子也很长,可是,这里的人都显出快乐又满足的样子。这个人感觉很奇怪,因为这里的东西和地狱没什么两样。

"感到奇怪吗?"上帝笑着说,"你看下去就知道了。"

晚饭时间到了,只见这里的人围坐在锅边,用勺子把食物送到了别人的嘴里。原来,天堂和地狱的分别,只是人们用勺子的方法有所不同。

与人快乐就是与己快乐

　　帮助别人的同时，我们自己也会处于快乐的包围之中。帮助别人就是帮助自己，如果我们每个人都能献出一点爱，我们的生活一定会更加美好，我们的世界一定会更加温馨。

# 不要向命运屈服

诗 槐

有个刚做完手术的孩子,他的眼睛上还蒙着纱布,等待着光明。

一天,他摸索着来到了医院后院,坐在一棵大树下。他在黑暗中幻想着将要看到的五彩世界,而又担忧手术不成功。一片树叶飘到了他的头上,他随手一摸,拿到手里,他自言自语地说:"这是杨树叶,还是……""是杨树叶。"一个低沉的声音传过来,接着一双大手摸到了他的脸上。"小朋友,几岁啦?""12岁。""你眼睛不好?""啊,从小就有毛病。伯伯,您说这世界美吗?"

"美呀!你看,这天空是蓝色的,这远处的山雄伟挺立,那云朵洁白可爱。在咱们对面有一泓清水。水面上浮着粉红的荷花,碧绿的荷叶。这四周绿树成荫。嘿!那边不知是谁在放风筝。你听,这树上的小鸟在叫,你听见了吧?孩子!""我听见了。"盲童的脑海中出现了一幅幅美丽动人的图画。当他沉浸在欢乐中时,蓦然,他抓住那个人的手问道:"伯伯,我的眼睛能治好吗?""能,能!孩子,只要你认真配合医生治疗,就会好的。""真的?""真的!""那边是什么?还有那边儿?……""那边呀,是……"

此后，就时常看见这两个人在谈论着。

过了一段时间，这个盲童终于拆了线。他看到了光明。当他适应了刺眼的阳光后，便跑向了后院。

他来到那个黑暗中给予他欢乐的地方，用他那明亮的双眼向四周一望，他愣住了。原来，这里没有花木，没有流水，没有大山，有的只是一堵墙壁和一棵老树。在残秋冷风中坐着一个老人，他戴着一副黑眼镜，身边放着一根探盲棒。老人捧着一片杨树叶，在低低地说着什么。

此后，在这所医院里，经常可以看到一个少年拉着一位失明的老人，在用他刚刚获得光明的双眼，向那位曾给过他一片光明的老人诉说。

我们时时可以从痛苦的阴霾里启程，走向柳岸花明的远方，走向没有遗憾的人生。即使千帆过尽，还要满载希望航船，这就是坚强的根蒂，也是我们永生的财富。

# 帮助别人的快乐

雨 蝶

有个歌星在没有出名前,非常不得志,没有一家唱片公司愿意帮他出唱片。他的生活非常艰难,三餐不济,甚至还要靠父母与朋友的救济。

有一天,当他正要经过十字路口时,一位老人挡住了他的去路,老人的背驼得十分厉害,连站都站不稳。

"年轻人,你愿意帮助我走过这条马路吗?"

当时,他实在心烦意乱,对什么事情都提不起精神。他真想转头离去,不理睬这位老人。不过,他看这位老人实在很可怜,最后,还是扶着老人的臂膀,穿过了那条车水马龙的大街。

"你觉得好些了吗?年轻人!"老人微笑着问他。

"是的……我想是的!"他不得不承认在帮助别人之后,心里舒坦多了。

这时,老人突然挺直了腰杆,身子骨也变得硬朗了。年轻人结结巴巴地问:"老先生,您……"

"其实我健康得很,但刚才看到你一副愁眉不展的样子,我就决定要帮帮你。一个失意的人如果帮助那些比他处境更糟的人,这样他就会好过些,所以我就装扮成刚才这个样子了。"

　　"不要有太多的忧虑！一切都会过去的，上帝会对你很公平的！"说完，老人就消失在茫茫人海中了。

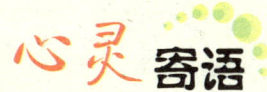

　　"施比受更为有福。"给予是快乐的源泉，为别人带来快乐的同时，我们自己也会处于快乐的包围之中。快乐是可以分享的，你给别人带来了快乐，同时也给你自己增添了新的快乐。

# 相互温暖

晓 雪

有一次，冒险家杰夫和一个旅伴穿越高高的阿尔卑斯山的某个山峰，他们看到一个躺在雪地上的人。杰夫想停下来帮助那个人，但他的同伴说："如果我们带上他这个累赘，我们就会丢掉自己的命。"但杰夫不能想象丢下这个人，让他死在冰天雪地之中的情景，于是他决定自己带这个人一起走。

当他的旅伴跟他告别时，杰夫把那个人抱起来，放在自己背上。他使尽力气背着这个人往前走。渐渐地，杰夫的体温使这个冻僵的身躯温暖起来，那人活过来了。过了不久，那个人恢复了行动能力，于是两个人并肩前进。当他们赶上那个旅伴时，却发现他死了——是冻死的。原来，杰夫背着人走路加大了运动量，保持了自身的体温，和那个人一起抵御了寒冷。

## 心灵寄语

看完这篇文章,眼睛不禁一热,心也暖暖的。是啊,温暖是互相给予的,当我们想把那微弱的火种传递给苦难中的人们时,他们的坚强和乐观也时时刻刻温暖着我们。

## 改变人生的8美元

诗 槐

他在美国的律师事务所刚开业时，连一台复印机都买不起。移民潮一浪接一浪涌进美国的这片沃土时，他接了许多移民的案子，常常深更半夜被唤到移民局的拘留所领人，还不时地在黑白两道间周旋。他开一辆掉了漆的本田车，在小镇间奔波，兢兢业业地做着职业律师。终于，媳妇熬成了婆，电话线换成了4条，扩大了办公室，又雇佣了专职秘书、办案人员，气派地开起了奔驰车，处处受到礼遇。

然而，天有不测风云，一念之差，他将资产投资股票却几乎全部亏掉，更不巧的是，岁末年初，移民法又再次修改，职业移民名额削减，顿时事务所门庭冷落。他想不到从辉煌到倒闭几乎只在一夜之间。这时，他收到了一封信，是一家公司总裁写的：愿意将本公司30%的股权转让给他，并聘他为公司和其他两家分公司的终身法人代理。他不敢相信这一切是真的。他找上门去，了解到总裁是个40开外的波兰裔中年人。"还记得吗？"总裁问。

他摇摇头，总裁微微一笑，从硕大的办公桌的抽屉里拿出一张皱巴巴的5块钱汇票，上面夹着名片，印着律师的地址、电话。他实在想不起还有这一桩事情。

"10年前，在移民局……"总裁开口了，"我在排队办工卡，排到我时，移民局已经快关门了。当时，我不知道工卡的申请费用涨了8美元，移民局不收个人支票，我又没有多余的现金，如果我那天拿不到工卡，雇主就会另雇他人了。这时，是你从身后递了8美元上来，我要你留下地址，好把钱还给你，你就给了我这张名片。"

他也渐渐回忆起来了，但是仍将信将疑地问："后来呢？""后来我就在这家公司工作，很快我就发明了两项专利。我到公司上班后的第一天就想把这张汇票寄出，但是一直没有。因为我单枪匹马来到美国闯天下，经历了许多冷遇和磨难。是这8美元改变了我对人生的态度，所以，我不能随随便便就寄出这张汇票。"

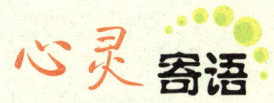

坦诚待人，才能为自己赢得生存的空间。帮助别人的同时也帮助了自己，机会都是自己争取的，良好的机会更是靠自己去创造的。

# 虚设的位置

雁 丹

一位家境贫寒的女大学生，是从遥远的乡下来到北京的。她来京上学还不到10天，家中就传来了噩耗，父母姐妹在制作花炮的过程中，竟然在一声爆响里全被炸死了。家中房屋倒塌，片瓦不剩。从此，女大学生举目无亲，再也没有一分钱的生活来源。

她含着眼泪向学校提出退学。也许这是唯一的选择。老师问她日后打算怎么办，她说家中有一亩一分地的水田，还有一头老牛。19岁的她面临着艰难的抉择，要么回到老家种田，做一名乡村妇女，要么继续上学。

老师听罢她的叙述，流下同情的泪水，同学们也为这名还来不及熟悉的同学赞助车费。可转天老师告诉她说，自己的爱人在学报工作，编辑部正需要一个人看稿，每月350元，其他的我们再一起想办法，就这样她又继续留在学校，边学习边工作。

于是，她入学10天便成了一名学报的编辑，当然是业余的。学校共有8000人，学生有6500人。学报每10天一张，稿子不多，她常没得看。但工资照发，月月350元。报社5个人，老张、老王、小李……人人都对她很好。她因课程紧不能天天都去报社,居然没人找她。就是让她看稿也十分简单,改改错字,提些意见。她一度以为,做学报编辑真是轻松。

时光飞逝,4年的大学生活一晃就过去了。她始终不知道,4年中的每月350元,并非学校所发,而是5名编辑人员从工资里均摊给她的。她更不知道学报并不需要这样一位看稿编辑,而这一切都是为她专门设立的。

4年,没有一个人说破这个秘密,4年来,她也一直被蒙在鼓里。毕业离校的那天,学报的全体编辑与她合了影。从此,她的照片高挂在编辑部的墙上。她走了,5位编辑突然觉得空落落的。到发工资的时候,他们已经习惯了将每月工资取出一部分,习惯了这种安慰与自我心灵的净化。献出爱心,原来也是一种人生的收获和乐趣。于是,他们决定再帮助一位贫困生,将这种爱永久地延续下去。

他们又雇用了一名因交不起学费而要中途退学的山里孩子。

于是,每隔4年,他们墙壁上的合影中都要换一名新人——一位并不需要的编辑。目前已经是第三位了。看着墙壁上的合影,他们的内心总是充满了友善和爱的光芒。因此,编辑部的工作变得非常有意义。

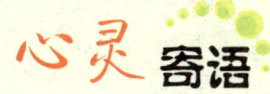

爱是一盏灯,照亮你和我;爱是一盆火,温暖冰冷的心;爱是一首歌,你唱我来和;爱是一丛花,香飘进万家。有了爱,生活才更美好。

# 拯　救

语　梅

有一天，一只老鼠掉进了一只桶里，怎么也出不来。老鼠吱吱地叫着，发出了哀鸣，可是谁也听不见。可怜的老鼠心想，这只桶大概就是自己的坟墓了。正在这时，一只大象经过桶边，用鼻子把老鼠吊了出来。

"谢谢你，大象。你救了我的命，我希望能报答你。"

大象笑着说："你准备怎么报答我呢？你不过是一只小小的老鼠。"

过了一些日子，大象不幸被猎人捉住了。猎人们用绳子把大象捆了起来，准备等天亮后运走。大象伤心地躺在地上，无论怎么挣扎，也无法把绳子扯断。

突然，小老鼠出现了。它开始咬着绳子，终于在天亮前咬断了绳子，替大象松了绑。

"你看到了吧，我履行了自己的诺言。"小老鼠对大象说。

有时，一只小老鼠也能做一只大象竭尽全力也做不成的事。再来看下面这个故事：

多日的阴雨绵绵之后，太阳公公好不容易露出笑脸，阳光灿烂。动物们都走出洞穴来舒展筋骨。

## 与人快乐就是与己快乐

蚂蚁也到户外走走逛逛,想要享受一下温暖的阳光。

走着走着,忽然来了一阵强风,把小小的蚂蚁从地上卷起,吹到池塘里去了,受到惊吓的蚂蚁一直在水里奋力地挣扎,但是没什么用,眼看着就要灭顶了。

这时,一只鸽子正好飞过池塘,听到有喊声:"救命啊!救命啊!"

鸽子停下来寻找,看看声音是从哪里来的。蚂蚁看见了鸽子,于是拼命向鸽子求救叫喊:"我在池塘里呀,请你救救我!"

看到快淹死的蚂蚁,鸽子觉得非常不忍心,于是,赶快叼了一片树叶丢入池塘中。

濒临死亡的蚂蚁看到天上飘下了树叶,非常高兴。

蚂蚁使尽全身的力气,好不容易才爬上树叶,然后随着树叶慢慢地漂到池塘边,这才安全地捡回一条命。心存感激的蚂蚁对鸽子说:"谢谢你救了我!"

过了很久,某天蚂蚁正在觅食的时候,看到一个正在森林里打猎的猎人用枪瞄准了树上的小鸟。蚂蚁睁大眼睛用力一瞧,才发现:"那不就是上次救自己的鸽子吗?"

正在树上休息的鸽子并不知道猎人要射杀它。

这时,蚂蚁快速爬到猎人的脚上,狠狠地咬了他一口,猎人痛得大叫,立刻丢下枪来看自己的伤口,此时鸽子发现了危险并很快逃离了。蚂蚁终于报答了鸽子以前对自己的救命之恩。

有时,一只小小的蚂蚁也能拯救一只鸽子。

## 心灵寄语

　　危机也是来自多方面的，爱情危机、家庭危机、婚姻危机、友情危机、工作危机、社会危机等。不经意间，我们就会陷入一场危机中，如果能够正确处理，也许能转危为安，反之，危机就会引你走向绝境。

与人快乐就是与已快乐

# 一杯牛奶

秋 旋

　　罗伊小的时候家里很穷,为了攒够自己上学的学费,就去挨家挨户地推销商品。一天,罗伊十分劳累,已经一整天没有吃东西了,感到十分饥饿,可是摸遍全身,只找到一角钱,这点钱根本不够吃饭,怎么办?他决定向下一户人家讨口饭吃。为他开门的是一位美丽的姑娘,当他看到这位年轻美丽的女子时,却有点不知所措了。为了维持自己仅剩的一点尊严,他没有要饭,只是要了一杯水。女子看到他十分饥饿的样子,就送了他一大杯牛奶喝。男孩儿慢慢地喝完牛奶,问道:"我应该付多少钱?"年轻女子回答:"一分钱也不用付。因为从小妈妈就教导我:要对所有的人都充满关爱,做力所能及的事,并不图回报。"

　　罗伊说:"既然你这么说,那么,就请接受我由衷的感谢吧。"说完罗伊离开了这户人家。走出门来,他感到自己浑身充满了力量,上帝好像正朝他点头微笑,一股男子汉的豪气顿时迸发出来。本来,他是想退学的,但他现在改变了想法。

　　数年之后,那位年轻美丽的女子得了一种十分罕见的疾病,当地的医生对此病束手无策。她被转到大城市医治,由专家会诊治疗。如今,那个小罗伊已是一位大名鼎鼎的医生了,他也参与了这次医治,当看到病历上所写的病人的经历时,他很佩服这位患者,面对这种令人难以忍受的痛苦,常人很早就放弃了,而她从未放弃过希望。这个女孩儿顽强的求生欲望感染了他,一个奇怪的念头霎时闪过他的脑际,他马上向病房奔去,来到病房,他一眼就认出在床上躺着的病人就是曾经帮助过他的恩人。

回到办公室,罗伊暗暗下了决心:"我一定要竭尽所能治好恩人的病!"从那天起,他就特别关照这个病人。经过努力,手术成功了,但却花去了巨额的医疗费用,他毅然在高额的医药费通知单上面签下了自己的名字。

当医药费通知单送到这位特殊的病人手中时,她不敢看。因为她确信,治病的费用将会花去她的全部家当。最后,她还是鼓起勇气,打开了医药费通知单,她却看到旁边写着一行小字:"医药费是一杯牛奶。"

## 心灵寄语

感谢和爱,这两个词永远紧密联系,感谢中有爱,爱中渗透着感谢,它们就是这样相互关联,不可分割。感谢是一颗种子,它在每一个有爱心的人心中埋下,让我们怀着一颗感恩的心,对身边给予付出与爱的人真诚地说一声:"谢谢!"

与人快乐就是与己快乐

# 借来的衣服

诗 槐

有一个女孩儿生长在遥远的北方小城,有一天,她决定去南方一些比较大的城市寻找自己的梦想。

求职很不容易,在她的信心和钱包都快干瘪时,她发现了一张极适合自己的招聘启事,这使她又恢复了自信,唤起了她的希望。

去应聘的路上,女孩儿路过一家服装店,无意中从那家时装店的玻璃镜子里看到自己破旧的衣衫,刹那间,她觉得自己的衣服很脏,而且也很不适合应聘。于是,她的心里变得很乱。受老板娘的热情招揽,她进店试了一套比较鲜亮的时装。这时候,她冒出一个大胆的念头:先把这身衣服借下来,等面试完了以后再还给老板娘。

想着想着,她就径直走到微笑的老板娘面前,告诉老板娘自己没有钱,但很想借这套衣服穿穿,因为这次应聘对她太重要了,关系到她的前程和生存问题。所以她苦苦地哀求老板娘。

老板娘听完她的意图后,脸上的微笑凝固了,直直地盯着她。女孩儿心里很紧张,觉得被老板娘臭骂一顿肯定是不可避免的了。但是完全出人意料,老板娘

接过她作为借衣凭证的身份证,作为抵押,随后淡淡地说了句:"别弄脏了。"

老板娘的这一举动使她异常兴奋,当她拿到衣服将要跨出门时,老板娘却突然喊道:"等等。"女孩儿心头一沉:"千万别反悔!"心里正琢磨着,但她却没想到老板娘微笑着说:"把鞋也换一下吧,旅游鞋不配这套衣服。"

女孩儿听到这话后,感动得流下了眼泪,老板娘安慰了她几句:"谁没有困难的时候?尤其是一个人出门在外,家人又不在身边。如果你遇到同样事情的时候,你就会后悔当初没有帮助某某。好好去应聘吧,祝你成功!"女孩儿抹去感动的泪水走进应聘处,面对衣装典雅、神情严肃的女经理,她充满自信,回答流畅,得到了女经理的认可。第二天女孩儿就去该公司上班了,经过女孩儿的努力和勤奋的表现,一年后,她成了这家公司不可缺少的精英。

有一天经理问她应聘时穿的那套衣服为什么不穿了,她红着脸说:"还了。"注重衣饰的女经理没再追问。其实面试那天,女经理就知道是怎么回事了,因为当时女孩儿穿的衣服上的标签还没有拆除,另外,青春时尚的衣服却配了双老式鞋子。

## 心灵寄语

施恩与感恩都是高尚的品德,滴水之恩当涌泉相报。一个人如果尽自己的力量去帮助需要帮助的人,会感到一种幸福。朋友,如果遇到需要帮助的人,请赶快帮助他吧,这样,你既帮助了别人又快乐了自己。

与人快乐就是与己快乐

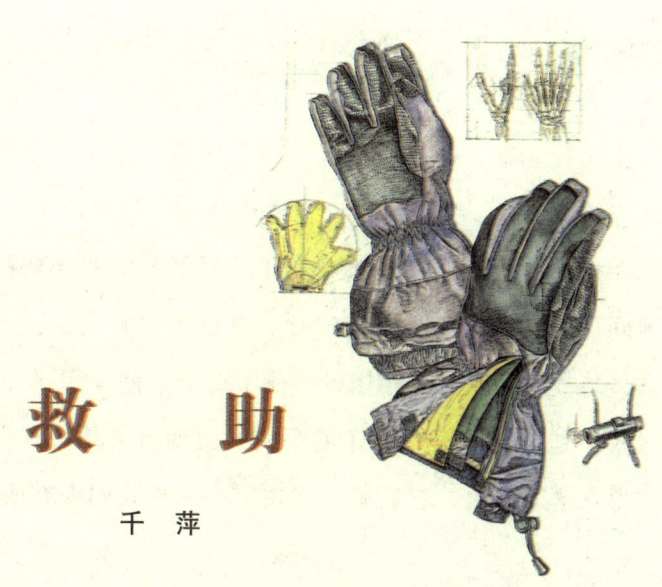

# 救 助

千 萍

  夏天的一个午后,我给放在阳台上的几盆花木浇水。在浇石榴时,看到有几只黄蚂蚁浮在水面挣扎着,我知道,蚂蚁虽不会游泳,但它们是些生命力极强的小生灵。我没有对它们实施救援,因为花盆中的水几分钟后就会渗下去,那时蚂蚁们就可以自由着陆了,绝无生命危险的。

  不一会儿,水没有了。几只蚂蚁在湿漉漉的泥土上又恢复了正常活动,但有两只不幸的黄蚂蚁被湿泥埋住了半截身子,在那里努力挣扎着向外爬,可又爬不出来。我想我还是应该做点什么,来助这两个遇难者一臂之力。我必须找一个细小的工具。不然,用手指或稍微粗点儿的棍棒,都有可能将救助变成杀生。但是,当我从室内取了一枚大头针走出来时,一件意想不到的事情发生了:两只被埋的蚂蚁正被另外两只同伴救助着,那两只来救助的黄蚂蚁正在用力向外拉扯它们的同伴。我放弃了最初救助的念头,看着这两只蚂蚁救助同伴的场面,静静地感受着这个令我感动的情景。

  一只蚂蚁先被同伴救了出来,然后,另一只在救助者的努力拉扯下,也从泥土中挣扎出了身子。它们小心翼翼地向四周试探了一番后,便迅速地逃离了。奇

美德故事

怪的是，有一只救援的黄蚂蚁，在救出同伴后并没有立即离开，而是在救助现场继续衔咬泥土，似乎下面还有什么东西被埋着，我想看个究竟，就没有打扰它。不久，我看到有一对小小的触角晃动着露了出来，原来下面还有一只遇难的同伴。这次我必须要帮助它们了，因为这场"水灾"是我造成的。我对这些小小生灵是应该负责的，甚至可以说我这样做是一种罪过。

我极其小心地用针尖挑开泥土，果然有一只小蚂蚁露了出来。救助的黄蚂蚁看到同伴后立即上前去亲吻触角，并试图将它衔走。这时被救助的蚂蚁已经恢复过来，与救助的蚂蚁互相用触角碰了一下，便一起离开了。

我不是昆虫学家，不知道蚂蚁的救助行为是一种偶然，还是自然的本能，但我觉得在这一点上，它们确实表现出了一种我们人类所应该具有的精神。

## 心灵寄语

我们应该学会互相帮助，尽自己所能帮助别人，虽然不是每一次帮助都有回报，但我们心里还是会高兴的，因为这样也是一种收获。

与人快乐就是与己快乐

# 善　心

雨　蝶

有位富翁很有善心,盖大房子时,他特地要求师傅把房檐加长,好使贫苦无家的人,都能到檐下挡风遮雨。

房子建成了,果然有许多穷人聚集在檐下,他们甚至摆摊子做起了买卖,并生火煮饭。嘈杂的人声与油烟,使富翁不堪其扰。不悦的家人也常与檐下的人争吵。

冬天,有个老人在檐下冻死了,大家交口骂富翁不仁。

夏天,一场飓风刮过,别人的房子都没事,富翁的房子因为房檐过长,居然被掀了顶。村人们都说他这是恶有恶报。

重修屋顶时,富翁要求只建小小的房檐,因为他明白:施人余荫总让受施者有仰人鼻息的自卑感,结果由自卑变成了敌对。

富翁把钱捐给慈善机构,并盖了一间小房子。所能荫庇的范围远比以前的房檐小,但是四面有墙,是一幢正式的房子。许多无家可归的人,都在其中获得了暂时的庇护,并对房子的施主感恩戴德。

没过几年,富翁成了村子里最受欢迎的人,并且对他非常尊敬。当他死后,

人们仍对他念念不忘,时常去墓地祭拜他。

　　文章中说:"施人余荫总让受施者有仰人鼻息的自卑感,结果由自卑变成了敌对。"施恩虽不图报,但要小心避免结怨,好的愿望还需有好的方法才会有好的结果。

与人快乐就是与己快乐

# 不轻易麻烦别人

晓 雪

两个和尚去见佛祖，佛祖要根据他们各自的功德决定收谁为徒。

第一个和尚说："我一路上吃斋念佛，普度众生，心里从来没想过自己。"

第二个和尚说："我一直只顾自己，虽然没什么功德，但是我守住了做人的底线，从来没有让别人给我布施，因为我吃的喝的穿的用的全都来自自己的劳动。"

第一个和尚被淘汰了，第二个和尚留在了佛祖身边。

第一个和尚不满地质问佛祖："为什么选他不选我呢？"

佛祖说："虽然你吃斋念佛，但是你却不断地化缘，谋求别人的布施，你给别人增添了麻烦；虽然他只顾自己，但他却从来没有给别人增添麻烦。记住，不麻烦别人也是一种功德，并且是一个修行者最重要的功德！"

## 心灵 寄语

寻求别人帮助,就算是自己最好的朋友,也要有个度。虽然有时人家嘴上不说,但心里怎么想呢?不帮吧,面子上过不去,但有时帮忙实在又太麻烦了。所以,无论做什么事还是要多靠自己一点儿比较好,尽量不去麻烦别人。

## 最高尚的事情

当我读到"诚实、见义勇为都是一个人应有的品质,称不上高尚"这句话时,我认为富翁的话是对的。大儿子和二儿子做的事都是每个人应该做的,而三儿子的宽容之心才是最高尚的。

# 善念书写亮丽人生

忆 莲

　　我赶到电话旁的时候，电话差不多已经响了一分钟。我能想象得到，如果我再迟到一秒拿起话筒的话，对方一定要悻悻然挂机的。果然，当我拿起话筒还没来得及问好，对方就怒气冲冲地问："请问这是本尼特家吗？"是个嗓门很大而且语速很快的老年妇女，显然她打错了电话。我跟她说："对不起，您……"可没等我说完，她就接过话茬："请您务必马上来爱华伦大街15号的文具专卖店一趟。因为您的儿子本尼特现在在我们这里。"我正要把刚才的话接下去，证明她打错电话时，那边传来一个小男孩的啜泣声，给我打电话的女人马上提高嗓门："偷了东西还哭，你的母亲会马上过来教训你。"我听出来了，那个叫本尼特的孩子拿了文具店的东西，当店员要他告诉家里电话时，他只好胡乱说了一组号码。

　　我看了看我的儿子阿伦，他正为刚刚赢了爸爸一局棋而高兴得欢呼雀跃。我突然想去文具店看看，于是，我说："请您别吓坏了本尼特，我15分钟后赶到。"我驱车前往1英里外的爱华伦大街15号，很容易就找到了那家文具专卖店。书店大厅里有很多人，有小孩，但更多的是大人。站在中间哀哀哭泣的一定就是

## 最高尚的事情

本尼特了,因为他的脚下有一个浅紫色的水彩笔盒子。我扒开人群,显然这个小家伙不认识我,但是,当我把右手递给他的时候,他居然怯生生地伸出了他的手。我牵着他温柔地说:"孩子,你怎么那么不小心,把买水彩笔的钱搁在钢琴上了呢。现在妈妈把钱送来了,你去把钱还给他们。"

围观的人听到我这样说后开始散开,有个小姑娘甚至走上前来对本尼特说:"开心点,没有人认为你是小偷。"水彩笔标价5美元30分,我把一张10美元的纸币交给本尼特,鼓励他自己去交钱。本尼特有些迟疑,见我用慈祥温柔的目光看着他,于是接过钱,低着头去收银台了。一两分钟后,他将店员找给他的4元70分还给了我,而我将那盒漂亮的水彩笔交给了他。

我牵着本尼特的手走出文具店的时候,先前恶狠狠地打电话给我的老妇人跟我说:"我们错怪了您的儿子,而您真是一位豁达的母亲。"我朝她笑了,本尼特见我这样,也很自豪地抬起眼睛,跟先前骂他的老奶奶扮了个鬼脸。

走出文具店后,我提议开车送本尼特回家。他说他的家离这里只有300米。我说:"那么再见吧,小伙子,希望你能描绘出最美丽的图画!"

他羞涩地笑了,紧紧地把水彩笔抱在怀里,跑着跳着离开了,到马路对面后还回过头来跟我挥手。

时光流逝,这件事情也渐渐从我脑海里淡去。但是12年后的一天,我突然接到一个陌生电话,当我说了"你好"后,话筒里传来一个小伙子的声音:"请问您是本尼特的母亲吗?""本尼特?"我突然失声叫出来。对方在电话里爽朗地笑了:"我15分钟后会冒昧地打扰您。"

15分钟后,一个高大英俊的小伙子站在我面前,没等我说话,他就张开双臂,拥抱我。"12年前,我就想叫您一声妈妈了!我是本尼特。"

我突然泪流满面。虽然我一直没有忘记12年前文具店里的那个孩子,但是我从来没想到我还会见

到他。而且,如今的本尼特,已经是纽约一所大学美术系的学生了。他告诉我:"虽然我3岁就失去了母亲,但是从6岁开始我又拥有了另一个亲爱的妈妈,这个妈妈用一盒水彩笔指引了我的整个人生。"

## 心灵 寄语

赠人玫瑰,手留余香。在滚滚红尘中,让我们都怀有一颗友善的心;在茫茫人海里,让我们轻轻伸出友爱之手。只要我们每个人都能献出一点爱,我们的生活一定会更加美好,我们的世界也一定会更加温馨。

## 最高尚的事情

# 电梯的镜子

**雁 丹**

时下的综艺节目中常常穿插一些由现场嘉宾来回答的问题，嘉宾们凭着十分丰富的想象，往往能将答案猜个八九不离十，然而却有一次例外。

那是我们十分熟悉的东西——电梯，问题是："电梯里总有一面大镜子，那个大镜子是干什么用的呢？"

回答踊跃异常："用来对镜检查一下自己的仪表……""用来看清后面有没有跟进来不怀好意的人……""用来扩大视觉空间，增加透气感……"

虽然主持人一再启发，但始终没有人能够回答出镜子是干什么用的。最终，主持人说出了非常简单的正确答案："肢残人士摇着轮椅进来时，不必费力转身即可从镜子里看见楼层的显示灯。"

原来是这样！原本活泼靓丽、机智风趣的嘉宾们多少有些尴尬，其中有两位颇有些抱怨地说："那我们怎么能想到呢？"

"怎么能想到呢？"——时至今日，我们的确越来越聪明，知识面的确越来越宽广，我们思考一个问题时常可以想到海阔天空。但不幸的是，无论思路扩展到多远，我们往往还是从自己的角度出发的。

## 心灵 寄语

我们应该多站在别人的角度看问题,凡事都换位思考一下,为他人着想,不要总以自己的思维考虑问题。多站在别人的角度想问题,收获才会更多。

# 没有坏孩子

采 青

一天,一名报社的记者来到一所学校采访校长。

记者问:"你们是以考试成绩来衡量学生的学习好坏吗?"

"不,"校长回答很果断,"考试仅仅是一种辅助手段。除了成绩,更重要的,老师还要写详细的评语。"

记者又问:"那么对你们来说,一个好学生的标准是什么呢?"

校长看着记者追问的目光,半天才说出一句:"我们没有好学生、坏学生之分。"

"从来不评好学生、三好学生什么的?"

"从来不评。"

记者:"学习成绩不好总算缺点吧?"

"不。"回答又是很果断,"有的孩子英语成绩不太好,可他进校的时候一句英语都不会说。他做了很大努力,有了很大进步,这不能叫缺点,而叫优点。"

"那么,班里有班长吗?"记者又想起了好学生的另一个标志,不过在这里并没有发现孩子的臂膀上挂着几道杠的。

"班长是什么？"校长又搞不懂了。

"就是学生头，帮老师收收作业什么的，"记者抢着回答，"就是学生自己选的小干部，有时帮助组织些班级活动。"

"从来没有，"校长终于听明白了，说道，"所有的孩子都是一样的，没有小干部。如果需要的话，每个孩子都会找老师帮忙的。我们为低年级班级配备了助理老师，协助老师做些教具的准备工作。"校长介绍了助理老师的情况，可这根本不是一码事。

记者原本想问如何惩罚坏孩子，可现在听说人家不分好坏，只好改口："如果有孩子不努力学习，不完成作业，怎么办？"

"经过鼓励和帮助，现在我们没有不爱学习的孩子。也许刚进校的时候有。学校培养他们爱老师、爱同学、爱学校。老师像他们的大姐姐大哥哥爸爸妈妈一样。因此，他们都很愿意按照老师的要求去做。离开学校两天，他们就都会想老师和学校了。我的孩子从新加坡到这里读书，上二年级，他爱他的澳大利亚老师，甚至从此爱吃澳洲牛排。"

记者于是又刨根问底："如果有的学生不按老师的要求去做怎么办？"

校长仍旧是不慌不忙地回答："老师会找他谈话，从鼓励入手，比如，师生间可达成协议，给几次机会，或许老师会问：'你是怎么答应我的？'另外，老师和家长也会很好地合作……最后问题都会解决的。"

"那你们有没有调皮捣蛋的孩子？"记者特别想知道他们到底有没有坏孩子，"如果有，是什么样的？"

"没有捣蛋的，有顽皮的。"看来校长始终是和他的学生坐在一条板凳上的。

记者并不满足，非打破砂锅不可："什么是顽皮呢？"

"比如，有一次我们带他们去一个游泳馆游泳，一个孩子当着管理人员的面说：'这是我到过的游泳馆中最差的一个。'我们给他讲了道理，说这是不尊重别人，怎么能当着人家的面这样说话呢？后来这个孩子向管理人员道了歉。"

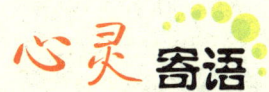

对于学生尤其是小学生来说，老师的权威性是独一无二的。因此，老师对学生的态度如何，常常可以决定学生的命运。在孩子成长的过程中，教师的鼓励是不可缺少的。

# 美德故事

# 我只看到一个儿子

宛 彤

三个妇女在打井水。

一位老人坐在石头上休息。

一个妇女对另一个说道:

"我的儿子很机灵,力气又大,谁也比不上他。"

"可我的儿子会唱歌,唱得像夜莺一样悦耳,谁也没有他这样好的歌喉。"另一个妇女说。

第三个妇女默不作声。

"你为什么不谈谈自己的儿子呢?"两个邻居问她。

"有什么好说的呢?"她说,"我儿子什么特长也没有!"

说着,她们装满水桶,提着往回走。老人也跟着她们走,她们走走停停,手臂疼痛,背也酸了,水溅了出来。

忽然迎面跑来了三个男孩,一个孩子翻着斤斗,他母亲露出欣赏的神色。另一个孩子像夜莺一般欢唱着,妇女们都凝神倾听。而第三个跑到母亲跟前,从她手里接过两只沉重的水桶,提着走了。

妇女们问老人道：

"喂，怎么样？我们的儿子怎么样？"

"呵，他们在哪儿？"老人答道，"我只看到了一个儿子！"

孝敬父母，其实不用太多的时间和金钱，一句话，一句问候，一个亲吻，一条短信，一束鲜花，一个拥抱……有时也会让父母感动得热泪盈眶，天下的父母其实都是很容易满足的！

# 对母亲的敬意

**冷 薇**

在美国，每逢5月的第二个星期天，都要庆祝母亲节。这一天，孩子们给母亲送一张特别的母亲节贺卡，也许是一些鲜花或者糖果，来表达对她的爱和感激之情。

为母亲们建立一个特别的节日的想法是怎么产生的呢？它的发起人是一百多年前一个叫作安娜·梅·贾维斯的妇女。

安娜出生于1864年5月，正是南北战争即将结束、林肯总统被刺之前。她是一个基督教牧师的女儿，是个文静的小姑娘。

成人以后，安娜在宾夕法尼亚州的费城一家人寿保险公司工作。1906年，就在安娜42岁生日之后两星期，她的母亲去世了。那天是5月的第二个星期天。

安娜开始变了。她不再那样文质彬彬，那样轻松自在、无忧无虑。她现在只有一个生活目标——让她的母亲，以及全世界的母亲，在5月的第二个星期天得到敬意。

经过一年多的精心筹备，1908年5月10日，在西弗吉尼亚的格拉夫顿，安娜举行了第一个母亲节的教堂纪念仪式。

## 最高尚的事情

第二年，费城——她生活和工作的地方正式宣布：5月的第二个星期天为母亲节——这是首先确立母亲节的城市。又过了三年，西弗吉尼亚州——安娜的母亲居住过的地方，又把母亲节变成了全州性的节日。

一年以后，安娜获得了最大的成功：美国国会通过了一项被称为"合众国第25号决议"的公告，把5月的第二个星期天永久确立为整个美利坚合众国的母亲节。

但是，安娜并不满意；事实上她愤怒了。母亲节虽然确立了，但它已不再是孩子们向母亲表示谢意和敬意的淳朴的时刻。相反，它变成了商业的庆典——成为商店怂恿人们给他们的母亲购买大量贵重礼物的大好时机。

商店大做广告，让人们觉得，如果不送给母亲一张特别的、昂贵的节日贺卡，或者一些鲜花，那就是罪过。商店告诉孩子们，他们应该给母亲买华贵的穿戴，或者新奇的家庭摆设，来显示他们对母亲是多么的爱。母亲节成了一种责任或债务，而不是对母亲的爱和感激之情的自由表达了。

安娜决心同这种商品化的倾向进行斗争。这时她已经50岁了。她辞去了在保险公司的工作，把她的余生全部用来抵制那一天——她本是出于对母亲的敬意才建立起来的日子而不是为了商品化倾向。她辞职时领到了10万美元，她把这笔钱全部用来促使人们重新回到母亲节的初衷上去。无论在哪儿发现适当的机会，她都要前去向人们宣讲。但是，她根本改变不了那些商人的头脑，她更改变不了已经商品化了的美国社会的习惯。因为大多数人发现，与其花费时间去探望母亲，和她聊聊天儿，帮她洗洗餐具，干点儿家务事，并且直接告诉她"我爱你，妈妈"，倒不如买一张母亲节贺卡，或者一些鲜花、糖果送给她来得更容易。

"你应该送她有用的东西，有永久意义的东西。"安娜说，"许多母亲睡在比石头还硬的床垫上。也许她需要一副新眼镜，需要舒适的鞋子，或

者需要更好的照明设备。她晚上睡得暖和吗？是不是盖鸭绒被了？或许她的楼梯需要修理了。做子女的应当关心这些。"

安娜一刻也没有停息。她不停地讲，不停地呼吁，不停地写，一直到有一天，她太老了，老态龙钟，精疲力竭，再也说不出一句话来。她双目失明，两耳失聪；她钱财罄尽，一文不名。宾夕法尼亚州政府在老人之家里给她找了间屋子住下。老人之家就坐落在费城郊外的西切斯特。然而，在那儿期间，直到1948年11月安娜离开人世，她的家人在母亲节的时候一次也没有来看望过她。

这个故事令人悲哀的是：尽管安娜·梅·贾维斯发起了母亲节，并为保持其纯洁的意义而奋斗了一生，但她个人却从未得益于其中。安娜终身未婚，也从未做过母亲；她没有任何儿女在母亲节那天来向她表示他们的爱。她完全是为别人——那些做了母亲或将要做母亲的人，那些将要为她们的孩子而度过一生的人，耗尽了全部的生命。

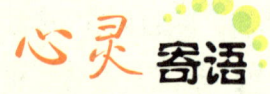

这个世界唯一不会变的是母亲的爱，女人是脆弱的，但母亲是坚强的。上帝把人类繁衍的任务交给每一个女人的时候，也给了她一点爱。所以母亲对孩子的爱，就像上帝的爱一样，纯净，无私。

最高尚的事情

# 等待邮件的老奶奶

冷 柏

今天是老奶奶格兰特的生日。

她早早地起了床,等待着邮件。如果有邮差沿街走过来的话,她能从二楼的一个套间里看见。她很少有信或其他邮件;若有了,底楼的那个小男孩儿约翰尼会给她送上楼来的。

她今天确信会有邮件。尽管平时女儿米拉很少写信来,但是米拉是不会忘了母亲的生日的。米拉很忙,她丈夫当上了市长,而米拉也因十分孝敬老人而获得了奖章。

最近3年,米拉曾两次回来探望母亲,但她丈夫从未来过。

老奶奶今天80岁了。今天她穿上了最好的衣服。也许,也许米拉能回来吧!老奶奶心想。毕竟80寿辰是具有特殊意义的生日。

万一米拉不回来,她也会收到一份礼物的。老奶奶坚信这点。她的两颊泛起了红晕,她激动异常——简直像个孩子似的。她多么喜欢过生日啊。

# 美德故事

昨天,她特地把套间打扫了一遍,还准备好了一个大蛋糕。小男孩儿约翰尼带着一口袋钱币上楼来了,他说他等邮差来了再出去玩儿。

"我猜你收到了许多礼物,"小男孩儿说,"上星期我6周岁生日时也收到了许多礼物。"

老奶奶喜欢什么呢?她喜欢一双拖鞋或是一件羊毛衫?或许她喜欢一个台灯,这样织起毛衣来就不会有那样多的漏针了。或许她喜欢一个小钟,上面有清楚的黑色数字。或许她喜欢一本有关旅游的图书。或许她还喜欢许多别的东西。

她靠近窗户坐着,瞧着。终于,邮差骑着自行车在拐弯处出现了。她的心飞快地跳动着。约翰尼也看见了,并马上跑到了大门口。

然后,听到上楼的脚步声了。约翰尼在敲她的房门。

"奶奶,奶奶!"他大叫着,"我拿来了你的邮件。"

他递给她四封信。三封未封口的信是由老朋友寄来的,第四封信封了口,是米拉写来的。老奶奶此时感到一阵失望的痛苦。

"没有小邮包吗,约翰尼?"

"没有呀,奶奶。"

"也许包裹太大了不能够信汇,寄包裹会来得晚一些。就是这样!"她现在只能这样解释了。

她几乎是勉强地撕开了信。在一张精美的卡片中,夹着一张支票。卡片上印着"生日快乐"几个字,下方写着这样一句话:"您用这张支票自己去买些好东西吧。米拉和哈乐德。"

支票像一只折断了翅膀的小鸟,飘落到地板上。老奶奶慢慢地把它捡了起来。这就是米拉送来的礼物——老奶奶所期待的礼物!老奶奶用她那颤抖的双手把它撕成了小碎片。

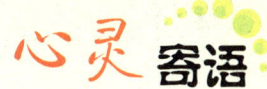

孝敬父母，其实不用太多的时间和金钱，为人父母者根本就没有期望能从子女那里收获多少回报，他们只是凭本分、良心为我们做了一切。也许我们终生都难以赚取足够让我们快意报恩的金钱，但这并不影响我们回报自己的父母。

# 最高尚的事情

凝 丝

　　从前有一个富翁，他有三个儿子，在他年事已高的时候，富翁决定把自己的财产全部留给三个儿子中的一个。可是，到底要把财产留给哪一个儿子呢？富翁于是想出了一个办法：他要三个儿子都花一年时间去游历世界，回来之后看谁做到了最高尚的事情，谁就是财产的继承者。

　　一年时间很快就过去了，三个儿子陆续回到家中，富翁要三个人都讲一讲自己的经历。大儿子得意地说："我在游历世界的时候，遇到了一个陌生人，他十分信任我，把一袋金币交给我保管，可是那个人却意外去世了，我就把那袋金币原封不动地交还给了他的家人。"二儿子自信地说："当我旅行到一个贫穷落后的村落时，看到一个可怜的小乞丐不幸掉到湖里了，我立即跳下马，从湖里把他救了起来，并留给他一笔钱。"三儿子犹豫地说："我，我没有遇到两个哥哥碰到的那种事，我旅行的时候遇到了一个人，他很想得到我的钱袋，一路上千方百计地害我，我差点死在他手上。可是有一天我经过悬崖边，看到那个人正在悬崖边的一棵树下睡觉，当时我只要抬一抬脚就可以轻松地把他踢到悬崖下，我想了想，觉得不能这么做，正打算走，又担心他一翻身掉下悬崖，就叫醒了他，然后继续赶路了。这实在算不了什么有意义的经历。"富翁听完三个儿子的话,点了点头说道:"诚实、见义勇为都是一个人应有的品质,称不上是高尚。有机会报仇却放弃,反而帮助自己的仇人脱离危险的宽容之心才是最高尚的。我的全部财产都是老三的了。"

## 心灵寄语

当我读到"诚实、见义勇为都是一个人应有的品质,称不上是高尚"这句话时,我认为富翁的话是对的。大儿子和二儿子做的事都是每个人应该做的,而三儿子的宽容之心才是最高尚的。

# 最好的消息

碧 巧

阿根廷著名的高尔夫球手罗伯特·德·温森多是一个非常豁达的人。

有一次温森多赢得了一场锦标赛。领到支票后，他微笑着从记者的重围中走出来，到停车场准备回俱乐部。这时一个年轻的女子向他走来。她向温森多表示祝贺后又说她可怜的孩子病得很重——也许会死掉——而她却不知如何才能支付昂贵的医药费和住院费。

温森多被她的讲述深深打动了，他二话没说，掏出笔，在刚赢得的支票上飞快地签了名，然后塞给那个女子，说："这是这次比赛的资金。祝可怜的孩子早点儿康复。"

一个星期后，温森多正在一家乡村俱乐部进午餐，一位职业高尔夫球联合会的官员走过来，问他前一周是不是遇到一位自称孩子病得很重的年轻女子。

"你怎么知道的？"温森多问。

"是停车场的孩子们告诉我的。"官员说。

温森多点了点头，说有这么一回事，又问："到底怎么啦？"

"哦，对你来说这是一个坏消息，"官员说，"那个女子是个骗子，她根本就没有什么病得很重的孩子。她甚至还没有结婚哩！你让人给骗了！"

"你是说根本就没有一个小孩子病得快死了？"

"是这样的，根本就没有。"官员答道。

温森多长吁了一口气，然后说："这真是我一个星期以来听到的最好的消息。"

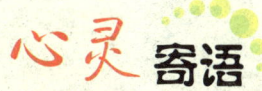

做人，豁达的个性必不可少。无论结交朋友还是求人办事，若斤斤计较，扭扭捏捏，恐怕只能空手而归，因为处处苛求人者，也必处处遭受苛求。

# 鸡蛋酱的余香

静 松

初尝鸡蛋酱是到离家20多里的县城上初中那年，因为离家远，中午只能带饭，我的同桌阿伟家住县城，一天执意拉我去她家吃饭。记得那时的阿伟妈在我眼里像个女干部，齐耳短发，看起来比我妈妈年轻多了，但她态度很冷，这使我很不安。吃饭时，阿伟一家四口人和我围坐在饭桌前，饭菜虽然简便，对于当时的我来讲却是绝对的丰盛，别的菜已不记得了，而对于饭桌中间的那碗鸡蛋酱却记忆犹新。长到13岁的我好像头一次吃过那么香的鸡蛋酱，鸡蛋一小块一小块掺在酱里，闻着就有一种特殊的香味，别说吃了，看着阿伟和她妹妹不断地去夹鸡蛋酱，我也忍不住把筷子总往酱碗里伸，这时没想到的事发生了，我夹的一块鸡蛋酱不小心掉在了桌子上，虽然没人说什么，但用眼睛的余光我分明看见了阿伟妈鄙视地瞟了我一眼，我顿时不知所措，筷子慢慢收回来，再没敢去夹鸡蛋酱，剩下的饭就不知是怎么吃完的了。

我想如果没有夹掉鸡蛋酱的小插曲，那的确是一顿不错的午餐。记得很长一段时间，想起鸡蛋酱我就暗暗发誓：不就是一碗鸡蛋酱嘛，有什么了不起，将来我一定要想吃就能天天吃鸡蛋酱。

许多年过去了，如今的我已过上了比较富足的生活，对于鸡蛋酱的辛酸记忆早已淡然。而我尝试过各种鸡蛋酱的做法，无论怎么做，总觉得鸡蛋酱里有一种说不出的又咸又苦的味道，却始终找不到当年那碗鸡蛋酱的余香。

## 心灵寄语

不要轻易去伤害一个人的自尊，尤其是一个未成年的孩子，也许你不经意的一句话、一个眼神，就会使他觉得生活改变了原本的味道。

# 开车回家

芷 安

那天,史蒂夫和克特一起去参加一个当地"游泳球类俱乐部"举办的赌彩金比赛。克特赢得门票对号奖,获得一只美丽的新表。他们两人一面开着各种有关这次赌赛的玩笑,一面走向他们的车子,克特突然转身对史蒂夫说:"史蒂夫,你刚才喝了几杯鸡尾酒,车子还是我来开好了。"起先,史蒂夫以为他在开玩笑,但他们两个比起来,史蒂夫觉得克特一向比较聪明,他还是尊重了克特清醒的判断。

"好主意!"史蒂夫说着,把钥匙递给他。

史蒂夫往驾驶座旁边的椅子上坐下。克特也坐上驾驶座,说:"我可要靠你帮忙了,因为我不太确定从这里到你家要怎么走。"

"没问题。"史蒂夫说。

克特发动车子,他们顺利上路,车子照旧先颤动着颠了一阵子,不时还熄火,得重新发动,接下来的10里路,史蒂夫指点方向——"现在左转""慢下来""右边""很快就到""加速"等等。克特开着车,走起来仿佛有百里长。不过重要的是,那天晚上他们最终平安到了家。

## 最高尚的事情

10年后,克特在史蒂夫的婚礼上诉说他们的坚定友谊,同时透露了那晚他们开车回家的故事,令四位宾客的眼里全都充满了泪水。

这个故事有什么稀奇呢?我们明白自己不该开车时,都会把钥匙交给别人——至少绝大多数人都希望如此。但克特是个盲人,他一生下来眼睛就看不见,而且那天晚上之前,他从来没有坐过驾驶座。

## 心灵寄语

所谓君子喻于义,小人喻于利。喻于义者,义长存则友谊长存,喻于利者,利易逝则友谊易失。朋友之间需要互相信任。

# 最别致的礼物

雪 翠

美国一位白领阶层的人过60岁生日,他太太送给他一株他喜爱的木兰作为礼物。

那天,这位先生下班回家较早,意外地发现平常在附近打零工的黑人小孩汤姆,正在他家的前院挖树坑。那天并不是汤姆应该上工的日子,他觉得奇怪,就上前问汤姆怎么如此勤快?满身是土的黑人小孩快乐地回答:

"哦!今天是您的生日呀!您太太送给您一株树,我没钱给您买礼物,我就送给您这个树坑吧!"

这位白领人士后来回忆:"历年来我所收到的礼物中,这是最别致、最令人感动的一件……"

最高尚的事情

　　礼物的意义,要比我们想象的大得多。它是含蓄的,却令人终生难忘。只要是收到别人礼物的人都会很高兴,而礼物不一定非要是现实的东西,也可以是精神上的。

# 相　信

**雅　枫**

天气真热，商场侦探阿伟的制服已被汗水湿透了。

一位窄脸妇女正在他面前尖声地诉说着什么。

丢掉的钱已经找到了，可她却不善罢甘休，仿佛站在桌前的这个小男孩儿真是一个危险的罪犯。

阿伟思忖着，是的，10块钱对大人也是不小的诱惑，何况对这个穿得破破烂烂的小孩子？

"是的，我没亲眼看到他偷钱。"那位太太唠叨着，"我买了一样东西，又要去看另一件货，就把10块钱放到柜台上。刚离开几秒钟，钱就跑到这个小贼骨头的手上了。"

阿伟这才发现桌角那边还有个小女孩儿。她正用蓝蓝的大眼睛静静地看着他。

"是你拿走钱的吗？"阿伟问男孩儿。

小男孩儿紧闭着嘴唇，点了点头。

"你几岁了？"

## 最高尚的事情

"8岁了。"

"你妹妹呢?"

男孩儿低头望了望他的小伙伴:

"3岁。"

在这大伏天里,孩子也许只是为了拿它去换点冰激凌。可这位太太却咬定孩子是窃贼,非要惩罚他们不可。阿伟不由得心疼起这两个孩子来了。

"让我们去看看现场吧。"

男孩儿紧紧地拉着小女孩儿的手,跟着大人们向前走去。

柜台后面一台风扇吹来的风使阿伟觉得凉爽些了。

"钱在哪儿放着?"

"就在这儿。"太太把10块钱放在柜台上售货记账本的旁边。

阿伟打量了一下小女孩儿,掏出几块糖来。

"爱吃糖吗?"

女孩儿扑闪了一下大眼睛,点了点头。阿伟把糖放在钱上面:

"来,够着了就给你吃。"小女孩儿踮起脚尖,竭力伸长小手,可还是够不着。

阿伟把糖拿给小女孩儿。

太太一边嚷起来:"我不跟你争辩。难道他们可以逃脱罪责吗?领我去见你的老板……"

阿伟没理会,他正注视着那10块钱,柜台后面的风扇吹着它,它开始滑动,滑动,终于从柜台上飘落下来。

钱落在离两个孩子几尺远的地方。女孩儿看到钱,便弯腰捡起来递给哥哥,男孩儿毫不踌躇地把钱交给了阿伟。

"原先那钱也是你妹妹给你的对吗?"

男孩儿点了点头,眼里涌出委屈的泪水。

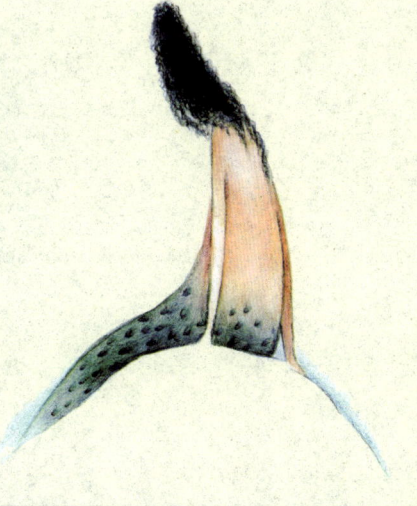

"你知道钱是从哪儿来的吗?"

男孩儿使劲摇着头,终于大声哭了出来。

"那你为什么要承认是你偷的呢?"

男孩儿泪眼模糊:"她……她是我妹妹,她从不会偷东西……"

阿伟瞟了一眼那位太太,他看到她的头低了下来。

  当我们真正感到困惑、受伤,甚至痛苦时,我们会从柔弱中产生力量,唤起不可预知的无比威力的愤慨之情。人立命于世,首先要自尊自重,遭到歧视,决不低头,在强大的势力面前不卑不亢,这样才会赢得别人的敬重。

## 谅解和友谊

冷落是绝对不可取的,那只会继续加大隔阂,从而彻底失去朋友。其实挽回感情的最好方法是求同存异,耐心倾听对方的苦衷,并寻找新的共同话题。

# 情敌的鲜花

沛 南

　　一个偏僻的小镇上,美丽的少女卡罗琳小姐被相爱多年的男友彭尼曼抛弃了。彭尼曼在外地爱上了一个更年轻更漂亮的姑娘。当他们举行婚礼的时候,痴情的卡罗琳还在家乡苦等着。婚后不久,自幼生长在大都市的新娘偕同彭尼曼回丈夫的故乡定居。这更使卡罗琳几欲轻生,整整半年把自己禁锢在屋子里。人们叹息道:卡罗琳的心灵毁灭了。

　　奇迹在一个星期六的晚上开始了,以后整整一年多的每个周末,奥尔森花店的小男孩儿都会遵照一个匿名者的托付,为卡罗琳小姐送去一束束最好的玫瑰花。自信和向不幸挑战的力量在卡罗琳的心中逐渐积聚起来。她把鲜艳的玫瑰别在胸前,在彭尼曼和他美丽的妻子面前扬起了头。因为卡罗琳知道自己虽然失败了,但还有别人在心底默默地、深深地爱着她,她战胜了失恋的痛苦,重新去寻找新的爱情,并且终于获得了幸福。

　　几年以后,当年送花的小男孩儿重返家乡,想从花店的老板那里解开玫瑰之谜,但他所有的猜测都错了。因为那些玫瑰是一位人们意想不到的美丽的太太送的。她说她不能看着卡罗琳折磨自己,她有义务这样做。这个美丽的太太不是别人，就是彭尼曼的妻子。

## 心灵寄语

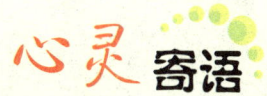

不能挽回的爱情就要学会放弃，情敌宽厚的心让她走出阴影，重拾自信，让她重新树立起对生活的希望。这是一颗多么善良的心！

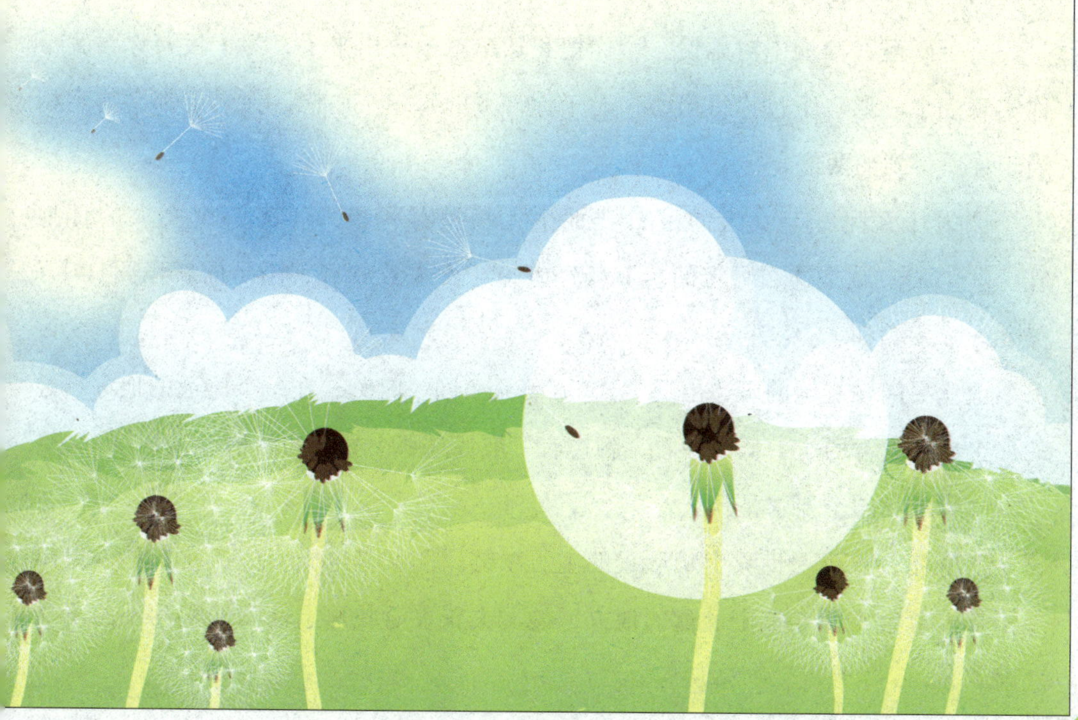

# 最后一个心愿

语 梅

一个女人沿海边垂头丧气地走着,忽见沙中有个瓶子。拾起瓶子拔开瓶塞,刷地出现了一大股浓烟。

一个妖怪在浓烟中对她说:"你把我从牢狱中放出来了,为了报答你,我帮你实现三个心愿。不过你得当心,对于你许下的每一个心愿,你男人都会得到相当于你所得到的两倍。"

"为什么呢?"女人问道,"那个无赖抛弃我投入了另一个女人的怀抱哇。""书上就是这么写定的。"妖怪答道。女人耸耸肩,于是向妖怪要100万美元。

电光一闪,在她的脚边出现了100万美元。同一时刻,在一个遥远的地方,她的那个反复无常的丈夫低头一看,脚边有一堆钱是那个数目的两倍。

"你的第二个要求是什么?"

"妖怪,我想要世界上最珍贵的宝石项链。"又是电光一闪,女人的手里出现了那件珍宝。而在那个遥远的地方,她丈夫正在寻找珠宝商卖他刚到手的不义之财。

"妖怪,我丈夫果真得到200万美元和比我还多的珠宝吗?我希望什么他都能得到相当于我的两倍吗?"

妖怪说这是千真万确的事情。

"那好,妖怪,我已准备好说出最后一个心愿了,"女人说,"把我吓到半死吧!"

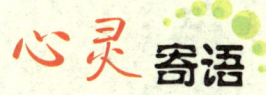

这是一个幽默的故事,故事说明宽容是做人和对待婚姻应有的态度。应该容忍和体谅对方,做回真实的自己,做个轻松的人。

# 谅解和友谊

秋 旋

  有两个男孩子，从小学到高中不仅在一个学校里，而且在同一个班里。两个人情同手足，终日形影不离。他俩都是独生子，很得家长的喜爱。

  一个星期天的清晨，他俩相约到海边游泳。夏日的海滨，细细的白沙柔软而蓬松，蓝蓝的海水不断地轻轻亲吻着他们的脚背，吸引他们恨不得一下子投向大海的怀抱中。这对年轻好胜的小伙子互相比赛着向深处游去。突然，风云骤变，阳光隐没在厚厚的云层里，那碧绿的海水顿时变得混沌暗黑。不一会儿，暴风雨便如同瀑布似的铺天盖地倾泻下来，狂怒的海水发出呼呼巨响。这两个小伙子在滔天的白浪中与危险苦苦地搏斗着，他们刚刚游在一起，就被一层巨浪分开了。他们高声喊叫着，竭力保持联系，同时，拼命往岸上游去。风越来越大，浪越来越高，海浪时而像无数隆起的小山，把他们抛向高空，时而又如凹下去的峡谷，使他们掉进无底的深渊。啊，一个小伙子仍在高叫着同伴的名字，却怎么也听不见回音。他心急如焚，拼命向同伴那里游去。人不见了！他不顾一切地喊叫着，寻找着，直到凶猛的巨浪把他打昏。

  当他醒来时，发现自己躺在了医院的病床上，他得到的第一个消息就是好友

## 谅解和友谊

不幸溺水身亡。后来,他伤愈出院了,但他心中的忧患却日渐加剧。是他主动找好友去游泳的,是他没把好友抢救出来。他失魂落魄,终日在海边徘徊,向着一望无垠的大海轻轻呼唤着好友的名字,但是只有那阵阵涛声做答。

他来到好友家里,请求伯母的宽恕。可那失去独子的母亲悲痛欲绝,终日以泪洗面,无暇顾他。他每次都怀着一颗负疚的心悻悻而去。

这种痛苦的心绪一直伴随着他离开校门,走上社会;为亡友而产生的伤感也注满了他的心房,甚至在蜜月中也不时地影响到新婚的热烈气氛,这使新娘惊诧不解、思绪万千。她看到丈夫总爱在海边定睛伫立、神不守舍,便生气道:"你总来海边,那你就去跟大海一块过日子吧!"一气之下,便离家而去了。妻子的离去,使他陷进了更大的苦恼之中。

一天,有人轻轻地敲他的房门。来了两个人,一位站在门外,另一位妇人进来,轻吻了他的额头,亲切地说:"孩子,还认得我吗?"他抬头一看,来的正是他亡友的母亲。"伯母,想不到是您来了!"他惊喜地扑上去。妇人亲切地抚摩着他的头发说:"我的孩子,过去的事情就让它过去吧!我曾经对你也不够冷静,请你多多原谅!"说着,两行晶莹的泪水无声地流淌在她那苍白的面颊上。"伯母!我的好妈妈!"他再也忍不住了,痛悔和欢喜的泪水尽情地涌出。然而,这已不再是难过的泪水,而是互相谅解的热泪了。她冷静了一下,说:"我今天来,是想对你说,我从你身上看到我的孩子还活着。你为他倾注了自己的哀思,我从你的情感中感受到了人生的欢乐。让我们互相谅解吧,让我们如同一家人那样互相体恤吧。我从你妻子那里了解了你的感情,我觉得你是可敬的。但是,我与你、她与你之间还缺乏谅解的精神;现在,我把她找来了,愿你们永远

相互体谅，互敬互爱，白头偕老吧！"

从此，他心头的忧虑消除了，小夫妻俩和好如初，相亲相爱，他们还把亡友之母接来同住。

冷落是绝对不可取的，那只会继续加大隔阂，从而彻底失去朋友。其实挽回感情的最好方法是求同存异，耐心倾听对方的苦衷，并寻找新的共同话题。

谅解和友谊

# 老鞋匠的一张支票

诗 槐

我再次走进老戴维的鞋铺时,他蹒跚地迎出来,接过我的半张纸片,找到鞋子。他这次抬起头来,用他那不很灵光的眼神打量我。我也注意到他长着一张普通而平静的脸,稀疏的白发滑过高高尖尖的鼻子,依然没有遮盖住额头上那被岁月犁出的皱沟。

"新来的?"他认真地盯着我这张东方人的脸。天哪,三年多了,我就住在离他不过几步之遥的地方啊!我苦笑:"我是这里的留学生。"老戴维恢复了原态,习惯地垂下头,用自己的手掌在鞋面上细心地、缓慢地擦拭了几下。老人下意识的动作,唤起了我一种难以名状的情感冲动,仿佛这双皮鞋,经老人的手掌一擦,顿时发出了夺目的光亮!我拿出早已准备好的8块钱。老戴维将其中的3块放回我的手心。"学生,只收5块。"没等话说完,他又消失在昏暗中了。

昏暗中,我的周围依旧弥漫着那种鞋铺的气味。可这次,我没有像上次那样仓皇离开。我的眼睛湿润起来。

今年的雨水特别充沛,充沛得连小镇上唯一的教堂都塌了顶。镇长和教长联合出了公告,请求人们解囊捐助,翻修教堂。

一天下午,我把一张崭新的50元钞票郑重地交给了教长史密斯先生。

"你是学生,捐钱就免了,"他微笑着,"你可以来参加义工啊!"

史密斯先生开始告知我关于翻修教堂的义工计划。这时,我远远地看见老鞋匠戴维蹒跚走来。

血红的残阳挑衅着他那双不大灵光的眼睛,他的头几乎垂到地下。"你好呀!"史密斯先生总是那样微笑着。老戴维依然没有抬头,将一个小小的信封轻轻地置放在捐赠桌上。镇上所有的人都晓得,老戴维从来都没有进过教堂。他的捐献让史密斯有些不安。"啊,戴维等一等,我是说,"史密斯的语法似乎出了问题,"如果你觉得孤单,不,不,我是说,如果你愿意的话,我由衷地邀请你参加教堂的礼拜……"老鞋匠没有回答,淡然地做了一个会意的表示,背影一晃一晃地融入晚霞的光芒之中。

工作人员打开老鞋匠的信封,一张支票映入人们眼前,上面重重地写着:捐给教堂5000元。

人们面面相觑!如果修补一双鞋子收取5元,就算修补鞋子一分钱成本也不用,就算他不吃不喝,老戴维要补多少双鞋子、要花多少时间才能积攒出5000块钱?

我的眼睛又一次湿润起来。

## 心灵寄语

雨果曾说过:"世界上最广阔的是海洋,比海洋更广阔的是天空,而比天空更为广阔的,是人的胸怀。"

谅解和友谊

# 关爱的秘密

千 萍

"对不起,您能听一下这孩子的话吗?"那是阿丽达在当百货玩具柜台售货员时遇到的一件令她一生都难以忘记的事情。

阿丽达被一位三十多岁的母亲叫住,有一位小学一年级左右的男孩子紧张地站在母亲身旁。那男孩子像贝壳一样闭着嘴,眼睛只是向下看。

他母亲以严厉的语气说:"快点,这位阿姨很忙!"

阿丽达感到空气骤然紧张起来,到底是什么事呢?她一边猜想着,一边仔细看着这母子俩。

这时,阿丽达发现那男孩子手中握着什么东西,他那双小手还有点颤抖,那是件当时很受孩子们欢迎的玩具,这种玩具每次进货都被抢购一空,而且被盗窃的数量不亚于销售量。

"怎么了,你说点什么呀!"他母亲很生气,眼眶里充满了泪水,这时男孩子已经上气不接下气地哭了。

阿丽达的心脏仿佛被猛戳了一下,她又一次面向孩子,想她必须要听他说句话,她甚至感到这个瞬间可能会左右孩子今后的人生。

这时,男孩子的手不自然地伸开,被揉搓得已破烂了的包装中露出了玩具。

"我没想拿……"他费了很大力气才说出这句话,阿丽达至今还记得,男孩子最后泣不成声地说了一句:"对不起。"

母亲那时的表情难以形容,阿丽达感到她好像放心地深叹了一口气。

然后,他母亲干脆地对阿丽达说:"请叫你们负责人来,我来跟他说。"

这时,阿丽达第一次懂得了母亲对孩子深深的爱和教育子女的不易,阿丽达被他母亲的行为深深地感动了。

"不用了,我收下这玩具钱,这件事就作为我们三个人的秘密吧,孩子也明白自己做错了事,这就够了。"

阿丽达觉得自己只道出了心情的一半,阿丽达的眼泪已流到面颊。那位母亲几次向阿丽达鞠躬表示歉意的身影,阿丽达现在都忘不掉,甚至永远也忘不掉。

## 心灵寄语

教育孩子不能光靠溺爱,没有点原则是不行的,但对待原则上的错误,不要把爱与溺爱混为一谈。对孩子的爱更需要注意方法,一种有水平的爱会激励孩子的一生。我们要对自己的爱负责,我们更要对孩子负责。

# 谅解和友谊

# 爱的极致是宽容

**雨 蝶**

女人有了外遇，非要和丈夫离婚。丈夫不同意，女人便整天吵闹不止。

无奈之下，丈夫只好答应了妻子的要求。不过，离婚前，他想见见妻子的男朋友。妻子满口应承。

第二天一大清早，一个高大英俊的中年男人跟她来到了家里。

女人本以为丈夫一见到自己的男朋友必定凶巴巴地怒目以对，可丈夫没有，他很有风度地和男人握了握手。

之后，他说他很想和她男朋友交谈一下，希望妻子回避一会儿。女人遵从了丈夫的建议。

站在门外，女人心里七上八下，生怕两个男人在屋内打起来。事实证明，她的担心完全是多余的。几分钟后，两个男人相安无事地走了出来。

送男友回家的路上，女人禁不住询问："我丈夫和你谈了些什么？是不是说我的坏话？"

男友一听，止住了脚步，他惋惜地摇摇头说："你太不了解你丈夫了，就像我不了解你一样。"

女人听完，连忙辩解道："我怎么不了解他，他木讷，缺乏情趣，像个家庭保姆，简直不是个男人。"

"你既然这么了解他，就应该知道他跟我说了些什么。"

"说了些什么？"女人更想知道丈夫说的话了。

"他说你心脏不好，时常发怒，叫我结婚后凡事依着你，他说你胃不好，但又喜欢吃辣椒，叮嘱我今后劝你少吃一点辣椒。"

"就这些？"女人有点惊讶。

"就这些，没别的。"

听完，女人慢慢低下了头，男友走上前，抚摸着女人的头发，语重心长地说："你丈夫是个好男人，他比我心胸宽阔。回去吧，他才是值得你真正依恋的男人，他比我和其他男人更懂得怎样爱你。"

说完，男友转过身，毅然离去了。

这次风波过后，女人再也没提过离婚二字，因为她已经明白，她拥有的这份爱，就是世上最好的那份。

## 心灵寄语

情感是我们人类最大的财富，它让我们哭泣欢笑，在喜怒哀乐中体味人间冷暖，更让我们彼此相识、相知和相爱，在恩爱情仇中咀嚼人生况味。但是现实生活里，我们却常常会在爱的索取中，钻进偏执的胡同，而不可自拔。

# 生活，就是一面镜子

晓 雪

一个小男孩儿和他的爸爸在山路上行走时，一不小心跌了一跤，痛得忍不住大叫了一声："哇……喔……"但是令小男孩儿吃惊的是，另外一个声音从山中传来："哇……喔……"

小男孩儿非常好奇地大声问："你是谁？"

结果他得到的答案也是："你是谁？"

小男孩儿生气了，大声地吼道："胆小鬼！"

这一次得到的答案也是："胆小鬼！"

小男孩儿非常好奇地问爸爸："爸爸，这到底是怎么回事呢？"

爸爸笑着对小男孩儿说："孩子，注意听喔。"

爸爸大吼了一声："我钦佩你！"

结果传回来的另一个声音也是："我钦佩你！"

爸爸再一次大声地喊道："你是冠军！"

传回来的声音也是："你是冠军！"

小男孩儿感到非常诧异又非常不解。

爸爸向小男孩儿解释说:"通常情况下,人们称这是回音,但实际上这是'生命'。"

小男孩儿更加困惑,问:"为什么是生命呢?"

"如果你想让这个世界有更多的爱,那么你就要在自己的心中创造更多的爱。世界就像一面镜子:你皱眉看待它,它也会皱眉看你;你笑着对它,它也会笑着对你。"

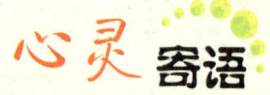

生活就是一面镜子,你笑它就笑,你哭它就哭,只有我们心里多些快乐的成分,我们的生活才会充满阳光。

谅解和友谊

# 一棵被风吹倒的大树

佚 名

很小的时候,我和一群淘气的小伙伴在我家庭院的一棵梧桐树干里嵌进了一个鸡蛋大小的石块。没想到两个多月后,我们再去取那个石块时,费尽了九牛二虎之力,却怎么也取不出来了。

没办法,就只好眼睁睁地看着那个石块长在那棵梧桐树的树干里了。后来,石头裸露的部分越来越少了。几年后,那块石头竟被完全裹在了梧桐树靛青色的树干里。站在树下,已经一点儿也看不到石头的踪影了。而且,包裹起石头的那一段梧桐树皮,明净、光滑、完好如初,一丁点儿的伤痕都没有。我高兴地跟祖父说:"那块石头一点也没影响这棵梧桐树的生长。"

祖父摇着头叹息说:"伤疤结在树心里了。总有一天,这个伤疤会害掉这棵树的。"我一点儿也不相信祖父的话。看着那棵梧桐树那么茂盛地成长,看着它一年一年变得粗壮、高大起来,我根本不觉得那一个石块能害掉一棵那么粗壮的树。

十多年后的一天夜里,刮起了大风。

第二天早晨,我诧异地发现院子里的那棵梧桐树被风刮断了,断树把树旁的

柴屋都砸塌了。我大吃一惊：一棵那么粗的树，怎么就会被一场大风吹断了呢？

我仔细一看才发现，那棵梧桐折断的地方，正是我们嵌进石块的地方。在白森森的断裂处，那块石头若隐若现地裸露着。

祖父叹息说："如果这伤只是在树皮上，那倒没什么，但可惜的是它伤在了树心里。"

## 心灵寄语

原来，表皮伤了，会很快痊愈，无非是留下些难看的疤痕，却不致命。而心伤了，却是无药可医的。

谅解和友谊

# 摩尔小姐的际遇

忆 莲

  一天早晨，纽约城一家公寓的大门缓缓打开，一根手杖颤巍巍地伸进门内，随后走进一个步履蹒跚，满头白发的老太婆，看上去足有85岁高龄。

  生活中这种情形也许已是司空见惯，但这个老态龙钟的外表里，裹着的却是一个丰满的、充满青春活力的身躯，一颗26岁的心在这个躯体中跳动！

  帕特·摩尔小姐是一个工业产品设计师，她对出现在老年人生活中的某些特殊问题非常关心。她想对老年人知道得更多更具体些，因此把自己"变"成了85岁的老太婆。而"变老"的过程整整花费4个小时的时间。

  第一天，目的地是俄亥俄州的哥伦布斯，出了家门，摩尔要招呼一辆出租汽车到机场。空"的士"一辆接一辆地掠过，可司机都只当没看见这个"老太婆"。莫不是他们认为老妇女不会给优厚的小费？

  在哥伦布斯，出席会议的几乎都是年轻的专业研究人员，大会所有的论题都是研究老年人问题。然而不可思议的是，与会者似乎根本没有感觉到他们中间就有一位老人的存在，摩尔像是被人遗忘了。休会时，一个青年男子给小姐们送来了咖啡。摩尔暗自想：我呢？假如我是个姑娘，他一定也会给我送咖啡的。一天的会议结束了。摩尔憋了一肚子气。这是26岁的姑娘以往从未体验到的。

又一天,一个温顺胆小、衣着邋遢的老妇女——摩尔,走进一家药店买胃药。店主向后一指:"后边底架上,自个儿瞧吧!"摩尔看了半天,哆哆嗦嗦地请求他:"请您帮我读一下用法说明好吗?"店主一脸愠色,飞快地念了一遍,然后用尖刻的语调说:"OK,听明白了吗?!"

次日清晨,26岁并充满自信、苗条秀丽的摩尔又走进了这家药店。"早上好,小姐!"店主满脸带笑,"我能帮您什么忙吗?"摩尔一字不差地重复了昨日"老女人"的问话。店主可爱地微笑着,陪着摩尔走到药架边,弯腰拿起一瓶胃药,详细地把用法说明、产地和价格都讲解了一遍。收钱后,还祝愿摩尔早日恢复健康。

离开了药店,摩尔体会到了人们对老年人通常具有的防御心理。年轻的心震颤、哭泣了——为老年妇女的遭遇!

## 心灵寄语

子女们不要认为满足父母的物质需求就足够了,而忽视了老年人的精神食粮。其实,老年人更多的是需要子女给予精神上的关心,年轻人要多抽空看望父母,多与他们交流、沟通,给老年人以精神安慰。

谅解和友谊

# 守时就是信誉

雁 丹

1779年,德国哲学家康德计划到一个名叫珀芬的小镇,去拜访老朋友威廉·彼特斯。康德动身前曾写信给彼特斯,说自己将于3月2日上午11点之前到达。

康德3月1日就赶到了珀芬小镇,第二天早上租了一辆马车前往彼特斯的家。老朋友的家住在离小镇12英里远的一个农场里,小镇和农场中间隔了一条河。当马车来到河边时,细心的车夫说:"先生,实在对不起,不能再往前走了,因为桥坏了,很危险。"

康德下了马车,看了看桥,中间的确已经断裂了。河面虽然不宽,但水很深,而且结了冰。

"附近还有别的桥吗?"康德焦急地问。

车夫回答说:"有,先生。在上游6英里远的地方还有一座桥。"

康德看了一眼怀表,已经10点钟了。

"如果赶那座桥,我们以平常速度什么时候可以到达农场?"

"我想大概得12点30分。"

康德又问:"如果我们经过面前这座桥,以最快速度什么时间能到达?"

车夫回答说:"最快也得用40分钟。"

康德跑到河边的一座很破旧的农舍里,客气地向主人打听道:"请问你的这间房子要多少钱才肯出售?"

农妇大吃一惊:"您想买如此简陋的破房子,这究竟是为什么?"

"不要问为什么,您愿意还是不愿意?"

"那就给两法郎吧!"

康德付了钱,说:"如果您能马上从破房上拆下几根长木头,20分钟内把桥修好,我将把房子还给您。"

农妇把两个儿子叫来,让他们按时修好了桥。

马车平安地过了桥,飞奔在乡间的路上,10点50分康德赶到了老朋友的家。

在门口迎候的彼特斯高兴地说:"亲爱的朋友,您可真守时啊!"

康德在与老朋友相会的日子里,根本没有对其提起为了守时而买房子、拆木头、过河的经过。

后来,彼特斯在无意中听那个农妇讲了此事,便很有感慨地给康德写了一封信。信中说道:"您太客气了,还是一如既往地守时。其实,老朋友之间的约会,晚一些时间是可以原谅的,何况您还遇到了意外。"

一向一丝不苟的康德,在给老朋友的回信中写了这样的一句话:"在我看来,在一定意义上可以说。无论是对老朋友,还是对陌生人,守时就是最大的礼貌。"

## 心灵 寄语

　　对于那些有时间观念的人来说，守时尤为重要，因为时间不会因你放缓脚步而改变它的脚步。对于那些不守时的人来说，浪费的不仅仅是自己的时间，自己的生命，在无形中也浪费了别人的时间，别人的生命。

# 一封短信

采 青

一天,伊拉突然收到了一位年轻母亲的一封短信。她是伊拉的一位朋友,她家与伊拉家只隔三个街区,但整个冬天她们未能见面。

"喂,朋友。"她写道,"我常常想念您,总有一天我们会像过去那样一起玩儿的。好好干吧,我知道,您是一位非常值得信赖的朋友,希望不久见到您。"署名是:你的亲密朋友,苏安。

几句话让伊拉的精神振作了起来,给她那忙乱的一天增添了一支充满爱的安慰剂,并且这种安慰剂正是她需要的。

第二天,伊拉来到一家商店。因孩子患感冒,她的情绪不大好,心急火燎的。伊拉的粗暴态度并没有使售货员介意,相反她对伊拉格外地殷勤和热情。伊拉注意到她名片上的名字:珍妮特·萨利文。伊拉问她是不是店主,"不,"她说,"我只是这个店的一个雇员,但我很喜欢这里。"伊拉离开了商店,感到更有能力来应付自己的处境了。

回家的路上,伊拉考虑着,的确应该给店主写封短信,告诉她:珍妮特·萨利文是一位多么好的售货员,但是,说真的,伊拉没时间写呀!当伊拉回到家

## 谅解和友谊

里时,一切似乎都很平静,她看到,苏安给她的那封短信还放在桌子上。她想:既然她有时间写信来振奋我的精神,嗨,我也有时间写信去鼓舞别人。

"亲爱的店主,"伊拉写道,"在一个繁忙的早晨,我怀着一种随时都可能被激怒的心情走进了贵店,贵店的售货员珍妮特·萨利文举止悦人,格外热情,我的怒气冲冲的表情,丝毫没影响她对我的和蔼与亲切。感谢您聘雇了这样一位高尚的小姐。使我感到日子过得格外舒坦了一些。"

接着她又给珍妮特·萨利文写了封短信。总共才花了几分钟的时间,但好像比平时过得顺利得多,那一天,剩下的时间,不知不觉地就过去了。于是伊拉决定,再遇到好人好事时,她就要经常地写信表扬他们。

那一个星期一,她6岁的女儿米根从学校带回来一只精巧的小木偶和几件其他可爱的学习用具,这是米根的老师做的好事。对此,在很长的一段时间里,伊拉一直铭记在心,但从未对她谈起过。

"为什么不谈?!"伊拉想,于是当即抽出信纸。

"亲爱的帕特里克小姐,"她开始写道,"你的聪明想法,使孩子学习得更有兴趣,我的女儿热爱她的学校。你似乎还有时间花在个别其他孩子身上,真不知道你是如何抽出时间的。我女儿能有一个你这样有才干、热爱本职工作和献身精神的老师,我感到多么高兴啊!你给了我孩子一个好的起点和认真的学习态度,对此,我十分感谢。一个幸福的妈妈谨上。"伊拉决定不签名,她不想让帕特里克小姐认为自己是在帮助自己的女儿向老师讨好,以取得老师更多的照顾。

当伊拉出去给帕特里克小姐寄信的时候,她注意到,邻居威廉斯先生正在检查他家的信箱。当他拖着脚步,两手空空地往家里走的时候,他的头低垂着,两腿慢吞吞地向前移动。正在这时,伊拉听到孩子的哭声,她急忙转身回家。但威廉斯先生的形象却老是缠绕在她的脑际：他不是在期待什么支票，因为他很富裕，他很可能想从信箱里寻求抚慰。

当米根画好了一张带一种微笑表情的信箱时，伊拉就写了一封短笺，"我们是您的秘密敬仰者。"信是这样开头的，信封里还加有一个令人喜爱的小故事和一首诗，信封上还写上一句："相信我们会常常给您写信的。"

第二天，伊拉注意到，威廉斯先生拿出了他的信件，还在行车道上时就拆开了，尽管隔着一段距离，她还是能看到他在微笑。

## 心灵寄语

从微不足道的小事做起，就会感动周边的人，那么，有限的爱心便会被无限地传递。多给身边的人一个微笑，自己也会更加快乐。

## 感谢善良

无论是付出还是得到,拥有善良,就是一个人一生最大的幸福,反之就是最大的不幸。因为只有善良才能让人去追求崇高,只有善良才能让人去排斥恶俗。

# 每天都要做出的决定

向 晴

约30年前，在纽约贫民区某公立学校里，奥尼尔夫人所教的三年级学生举行算术考试。阅卷时，她发现有12个男孩子对某一题的答案错得完全一样。

奥尼尔夫人叫这12个男孩子在放学后留下来。她不问任何问题，也不做任何责备，只在黑板上写下这样一句话：

"在真相肯定永无人知的情况下，一个人的所作所为，能显示他的品格。

——汤姆斯·麦考莱。"

老师叫他们把这句名言抄100遍。

我不知其他11人有何感想，只知道自己，可以说：这是我一生中最重要的教训。

老师把麦考莱的名言告诉我们已经是30年前的事了，但我至今仍认为那是我所见到的最好准绳之一。不是因为它可以使我们衡量别人，而是因为它可以使我们衡量自己。

我们中间需要决定宣战或其他国家大事的人不多。但我们每人每天都必须做出许多个人的决定。在街上捡到一个钱包，该把钱吞没呢，还是送交警察呢？这笔交易本是别人的功劳，可以把它据为己有，列在自己的推销纪录里吗？

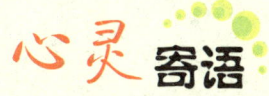

生活每天都让我们做出许多决定！我们每天都会面临很多的选择，这就要我们在思考中学会生活，学会成长。

# 言而有信最重要

慕 菡

英国政治家福克斯以其言而有信著称。他的父亲是一名正统的英国人,曾给小福克斯上了生动的一课,给他那少年的心中留下一个不可磨灭的印象。

18世纪,富有的英国绅士的住宅都坐落在漂亮的花园内,福克斯家的花园里有一座旧亭子,他的父亲想将其拆除,并在较为开阔处另建一座。小福克斯从住宿学校回家度假,正巧赶上工人在拆迁亭子。孩子当然很想亲眼看一看亭子是怎样被拆除的,所以他打算迟些天返校。父亲却要他准时到校上课,为此父子间颇有嫌隙。母亲一如大多数母亲那样,在一旁替小福克斯说情。末了,父亲答应将亭子的拆迁推迟到来年假期。于是小福克斯就离家返校了。

父亲想,在学校里儿子忙于学习,慢慢地会把此事忘掉。于是,儿子一走,他就让人把亭子拆了,在另一处盖了一座新的。谁想到儿子却一直把亭子这件事记在了心头。假期又到了,小福克斯一回家,就朝旧亭子走去。早餐时,他郁郁不乐地对父亲说:"你说话不算数!"年迈的英国绅士听后大为震惊,严肃地说:"孩子,你说得对,我错了,我就改。言而有信比财富更重要。纵有万贯家产也不能抵消食言给心灵带来的污点。"说罢,父亲随即让人在原地盖起了一座亭子，再当着孩子的面将其拆除……

　　言而有信就是诚信，它如春天的第一缕阳光，令人向往，敞开胸怀去接受；如夏天的一块西瓜，含在口中，甜到心里；如秋天远方飘来的一片火红的枫叶，勾起无限牵挂。

# 被戏弄的窃贼

宛 彤

严冬的一个傍晚,佛蒙特乡间的一间杂货店的店主正忙着闭店。他站在橱窗外的雪地里上着窗板,透过玻璃窗他看见游手好闲的塞思还在店内转悠着。只见他匆忙地从货架上抓起一磅鲜奶油,迅速地藏在了礼帽里,见此情景,店主马上闪出个念头:应该好好教训他一顿。他不仅想惩罚这个窃贼,同时也想戏弄他一下开开心。

"我说塞思。"店主走进来,把门关上,一边用双手拍打着肩膀,一边跺着脚上的雪。塞思扶着门,因头上顶着的帽子下面藏着那块奶油,所以他急着尽快走出去。

"我说塞思,坐一会儿吧,"店主和蔼地说,"我看,这么冷的夜晚,该喝点什么热乎的东西暖暖身子。"

塞思感到进退两难。一方面他偷了奶油想急于走开,另一方面他还真想喝点什么热乎的东西。当店主抓着塞思双肩把他按到火炉旁边的一个座位上时,他也就不再踌躇了。塞思坐在角落里,他身边堆放着箱子和木桶。如果店主坐在他的对面,那么他就是想走也走不出去了。果然,店主偏偏选中那个位置落了座。

## 感谢善良

"塞思,咱们喝点热乎的吧,"店主说,"不然这么冷的天没等你到家就会冻僵的。"他一边说着,一边打开炉门,向里面塞劈柴,直到塞不进去时才停下来。

塞思感觉到奶油开始顺着他的头发往下淌,他已经没有心思再喝什么热乎的东西了,他站起来坚决要走。

"不喝点热东西是绝不能让你走的,塞思。来,我给你讲个故事。"说着,塞思被一直跟他过不去的店主按回了原来的座位上。

"嗨,这里太热。"塞思再次起身要走。

"坐下,坐下,急什么。"店主又把他按回到椅子上。

"我要回去喂牛、劈柴,不走怎么成呢?"窃贼心急如焚地说。

"何必非走不可呢?塞思,坐下呢!管它牛不牛的,反正死不了。我看你好像有什么心事似的。"店主佯装不知地笑着问道。

塞思无可奈何地坐在那里。他知道,下一步该是店主拿出两只玻璃杯,倒上热气腾腾的饮料,要不是头发上打过发蜡和被奶油粘住的话,头发肯定会竖起来的。

"塞思,我给你拿块烤面包来,你自己涂奶油吃吧。"店主用诚恳的语调说话,试图使可怜的塞思不敢相信店主怀疑他偷了东西。"再吃点这圣诞鹅肉,怎么样?跟你说,这可是少有的佳肴。塞思,这可不是用猪油或普通的奶油烤出来的,来,塞思,尝尝奶油——我的意思是尝尝饮料。"

可怜的塞思吸着烟,头顶上的奶油不停地溶化而往下淌着,他几乎张不开嘴了;也无法说话了,好像生来就是个哑巴似的。礼帽里的奶油一股股地从头上淌下来,湿透了紧紧缠在脖子上的手帕。

成心捉弄人的店主随便谈笑着,好像什么事也没发生似的。他不住地往炉里塞劈

柴。塞思背靠柜台直挺挺地坐着，膝盖几乎要碰到烧得通红的火炉。

"今晚可真够冷了。"店主漫不经心地说。过了一会儿，他好像感到惊讶地说，"哎呀，塞思，你怎么出这么多的汗，就好像刚从游泳池里爬上来似的！你干吗不把帽子摘下来？噢，我替你摘下来。"

"不必了！"可怜的塞思不是滋味地说，他一分钟也不能再忍受了。"不行，我得马上走；请让我出去，我不舒服。"

奶油那黏黏的液体顺着他的面颊、脖子往下淌着；浸湿了他的衣服，一直淌到他的两只靴子里。他从头到脚洗了个奶油澡。

"那好吧，塞思，非要走我就不留你了，晚安。"这位幽默的佛蒙特人说，当他的那位不幸的受奚落者匆匆走出门的时候，他又加了一句："我说塞思，我认为我把你戏弄得够难受的了，所以，我就不再向你讨要藏在礼帽里的那磅奶油钱了。"

## 心灵 寄语

塞思偷东西是不对，但是店主戏弄他就是店主的不对了。无论在任何情况下，都不要随便戏弄别人，因为戏弄人是一种可耻的行为，会对别人造成很大的伤害。

# 感谢善良

陈永林

这是个雨夜。雨很大,林子的耳畔只有"噼里啪啦"的雨声,路上看不见行人,街道上积满了水。

在这寂寥的雨夜,走在这寂静的街头,林子有点怕。林子的提包里有5万元现金,林子带这钱原本是想提货的,可货主一直没来。万一碰到拦路抢劫的怎么办?林子这样想,不由得往后一看,不看不要紧,这一看,头皮一麻,心猛然提到了嗓子眼:身后真的跟着一个穿着黑雨衣的人!林子加快了脚步,身后那人也加快了脚步,林子慢下来,身后的人也慢下来。

林子拐进了一条平时很热闹的街道。他看见前面有个人,脚步不由得加快了,他想赶上那个人。就在此时,飞来一辆小车,只听见"啊"的一声惊叫,前面那个人倒下了。林子愣了片刻,清醒过来便大声喊:"撞人了!撞人了!"可那小车早不见了踪影。

林子跑上前,抱住那人,大声喊:"救命啊!救命啊!"可没人应,林子的伞被风卷走了。片刻,他就成了落汤鸡。穿雨衣的人也过来了。这时,来了一辆车,林子站在路中间,不停地挥手。可那车往路边一拐,"呼"的一声过去了,

车轮扬起的泥水溅了林子满脸。林子抹了下脸上的泥水，骂着："这些人的良心都让狗吃了。"林子蹲下，把那昏迷的人从雨水中抱起来，对穿雨衣的人喊："我们不能眼睁睁地看着人死，你过来帮下忙，我背他去医院。"穿雨衣的人过来帮忙把伤者扶上林子的肩，林子背起人就跑。林子的手腕上还吊着那黑提包，林子一跑，那提包就上下左右晃，林子托着伤者屁股的手就沉了许多。林子对那穿雨衣的人说："这包沉，你帮我拿着。"林子背着伤者拼命地朝医院跑去。

又一道刺眼的白光，又来了一辆车。林子忙站到路中间。这回，车停了。司机打开车门说："快上车。"穿雨衣的人也跟着上了车。很快到了医院门口，林子同穿雨衣的人抬着伤者进了医院。医生说："先交2000元钱。"林子从穿雨衣的人手里拿过提包，交了钱，伤者才被推进了急救室。林子这才认真地看了眼穿雨衣的人，伸出手，笑着："兄弟，认识一下，我叫林子。"那人说："我叫黑子。"两双手紧紧握了握。

等了像有半个世纪那么久，急救室的门开了。林子和黑子忙迎上去"医生，怎么样？"医生说："脱离危险了。"林子和黑子都松了口气，脸上都有了笑。

林子说："黑子，你猜我开始把你当成了什么人？"黑子说："拦路抢劫的坏人。"林子的眼里盛着一个大大的问号："你咋知道？"黑子低下头，嗫嚅着说："其实我真的是个坏人。我跟随你那么久，就是想要得到你提包里的钱。"林子说："那你怎么没……"黑子说："我刚想下手，就发生了这事。""可是后来你还帮着我拿手提包，那时你如果撒腿跑，我没一点办法，我背他背得双腿一点力气都没有了，走都走不动。"林子说着，望了眼黑子。黑子双眼看着地面，说："后来，我改变主意了。"林子问："为啥？"黑子说："说给你听也无妨。我小时候有个幸福的家庭，父母很恩爱。可在我12岁那年，母亲遭车祸死了。那肇事的司机逃了，母亲躺在地上一个多小时，许多人围观，就是没人救她。后来有好心人拦了辆车，可已经晚了，医生说如果早来十几分钟就有救。母亲死后，父亲的脾气变得极坏，总是喝酒，喝醉了就打我，下手极狠。14岁那年，我就逃了出来，四处流浪。也坐过两回牢。这回看到你救这遇车祸的人，我心想，要是我母亲那时能遇到你这样的好人就好了，我母亲就不会死，那父亲也不会时时打我，而我就有个温暖的家，也不会成为这样子！……"黑子哽咽得再也讲不下去了，脸上满是泪。

伤者的家人来了，林子和黑子才回家。

雨还没停，林子说："打车走吧，这么大的雨，会淋病的。"说着就打起喷嚏来了。黑子忙脱下自己的雨衣，说："穿上吧。"林子一眼看到黑子腰里的匕首。黑子取下来，从刀鞘里拔出闪着寒光的匕首，林子打了个寒颤，眼里也露出一丝恐惧。黑子说："这匕首再也用不着了。"黑子随手一扬，那匕首划出一道优美的亮亮的弧线，"咚"的一声落进池塘里。黑子说："如果你这回没救这遇车祸的人，那你早躺在血泊中了。你该感谢你的善良，是你的善良救了你；我也感谢你的善良，要不我又成了一个罪人。"

此时，一辆亮着耀眼灯光的的士来了。

## 心灵寄语

无论是付出还是得到，拥有善良，就是一个人一生最大的幸福，反之就是最大的不幸。因为只有善良才能让人去追求崇高，只有善良才能让人去排斥恶俗。

# 不过是损失了两个马克

语 梅

尤利乌斯是一个画家,而且是一个很不错的画家。他画快乐的世界,因为他自己就是一个快乐的人。不过没人买他的画,因此他会有点伤感,但只是一会儿。

"玩玩儿足球彩票吧!"他的朋友们劝他,"只花两马克便可赢很多钱!"

于是尤利乌斯花两马克买了一张彩票,并真的中了彩!他赚了50万马克。

"你瞧!"他的朋友都对他说,"你多走运啊!现在你还经常画画吗?"

"我现在就只画支票上的数字!"尤利乌斯笑道。

尤利乌斯买了一幢别墅并对它进行了一番装饰。他很有品位,买了许多好东西:阿富汗地毯、维也纳柜橱、佛罗伦萨小桌、迈森瓷器,还有古老的威尼斯吊灯。

尤利乌斯很满足地坐了下来,他点燃一支香烟静静地享受他的幸福。突然他感到好孤单,便想去看看朋友。他把烟往地上一扔,在原来那个石头做的画室里他经常这样做,然后他就出去了。

燃烧着的香烟躺在地上,躺在华丽的阿富汗地毯上……一个小时以后,别墅变成一片火的海洋，它被完全烧没了。

朋友们很快就知道了这个消息，他们都来安慰尤利乌斯。

"尤利乌斯，真是不幸呀！"他们说。

"怎么不幸了？"他问。

"损失呀！尤利乌斯，你现在什么都没有了。"

"什么呀？不过是损失了两个马克。"

## 心灵寄语

那些功名利禄、荣辱得失、是非利害，都牵动着我们的情感。就这样，终日浑浑噩噩或兴致勃勃地忙碌不停，哪里还会顾及无形地惠于我们体内的那个心灵呢？

# 理　解

秋　旋

一名店主在门上钉了一个广告，上面写着"出售小狗"。这信息显然把孩子们的目光给吸引过来了，一个小男孩儿出现在店主的广告牌下。"小狗卖多少钱呢？"他问道。

"30至50美元不等。"

小男孩儿从口袋里掏出一些零钱，"我有2.37美元，请允许我看看它们，好吗？"

店主笑了笑，吹了声口哨，一名负责管理狗舍的女士便跑了出来，她身后跟着5只毛茸茸的小狗。其中有一只远远地落在后面。小男孩马上发现落在后面的小狗，他问："这小狗怎么了，是不是有什么毛病？"

店主解释说："这只小狗没有臀骨臼，所以它只能一拐一拐地走路。"

小男孩说："就是那只小狗，我要买它。"

店主说："你用不着花钱，如果你真的想要它，我就把它送给你好了。"

小男孩十分生气，他瞪着店主的眼睛："我不需要你把它送给我。那只狗和其他狗的价值应该是一样的，我会付你全价。我现在只能付2.37美元，以后每月付50美分，直到付完为止。"

店主劝说道："你真的用不着买这只狗，它根本不可能像别的狗那样又蹦又跳地陪你玩儿。"

听了这话，小男孩儿弯下腰，卷起裤腿，露出他一只严重畸形的腿。他的左腿是跛的，靠一个大大的金属支架撑着。

男孩儿轻声说道："嗯，我自己也跑不好，那只小狗需要有一个能理解它的人。"

## 心灵寄语

很多时候，别人也许是错的，但他本人并不一定意识到这一点。此刻，千万不要去责备他。应该试着去了解别人，这样的人才是聪明、宽容的人，别人之所以那么想，一定有他的原因。找出那个隐藏着的原因，那你就拥有了解释他行为或者他个性的钥匙。

# 饭盒里的爱

诗 槐

在那个贫困的年代里，很多同学往往连带个像样的盒饭到学校上课的能力都没有，张强邻座的同学就是如此。他的饭菜永远是黑黑的豆豉，而张强的饭盒中却经常装着火腿和荷包蛋，两者有着很大的差距。

而且这个同学，每次都会先从饭盒里捡出头发之后，再若无其事地吃他的饭菜。这个令人浑身不舒服的行为一直持续着。

"可见他妈妈有多邋遢，饭里竟然每天都有头发。"同学们私底下议论着。为了顾及同学的自尊，那种厌恶的感觉不能表现出来。总觉得好肮脏，因此张强对这同学的印象，也开始大打折扣。有一天放学之后，那同学叫住了张强："如果没什么事就去我家玩儿吧。"虽然张强心中不太愿意，不过自从同班以来，他第一次开口邀请张强到家里玩儿，所以张强不好意思拒绝他。

张强随朋友来到了位于最陡峭山坡的一个贫民村。

"妈，我带朋友来了。"听到同学兴奋的声音之后，房门被打开了。他年迈的母亲出现在门口。"我儿子的朋友来啦，让我看看。"但是走出房门的同学母亲，只是用手摸着房门外的梁柱。原来她是双眼失明的盲人。

感谢善良

张强感觉到一阵鼻酸,一句话都说不出来。同学的饭菜虽然每天如常都是豆豉,但那却是眼睛看不到的母亲,小心翼翼地帮他做的,那不只是一顿午饭,更是母亲深深的爱心,甚至连掺杂在里面的头发,也一样是母亲的爱。

母爱是什么?母爱是温暖的春风;母爱是什么?母爱是灿烂的阳光; 母爱是什么? 母爱是一把伞。母亲对我们的爱就像一场春雨,一首清歌,润物无声,悠远绵长,叫人终生难以忘怀。

# 不孤单的中秋

千 萍

在小韦10岁那年的中秋节当天,他住在城里一家医院的免费病房里,准备第二天进行整形外科手术。他知道以后的12个月里不能外出,要忍受疼痛,等待伤口复原。他的父亲已经过世,相依为命的母亲和他住在一间小公寓里,接受着社会福利救济。手术那一天,母亲不能来看他。

小韦觉得十分孤单、绝望和恐惧。他知道母亲一个人在家为他担心,而且没有人陪她,同她一起吃饭,甚至她没有钱买一块像样的月饼。

泪水涌进小韦的眼里,他把头埋在枕头和棉被下面,尽量不使自己哭出声来。但他实在太伤心了,因此哭得整个身体都颤动不已。

有位年轻的实习护士听到啜泣的声音,急忙跑过来,她掀掉棉被,擦去小韦脸上的泪水。然后,她告诉小韦:"我今天得留在医院工作,不能和家人在一起,所以也感到很孤单。你愿不愿意和我一起吃月饼?"

随后,护士拿了两块月饼。她同小韦聊天,让他不致感到害怕,一直到下午4点换班的时候才离开。她在晚上11点钟回来,陪小韦赏月、聊天,直到小韦睡下了才离开。

## 感谢善良

这件事虽然已过去了好多年，可是那位护士的音容笑貌至今还铭刻在小韦的心中，只要想起她，小韦就会感到一种深切的温情和关怀。

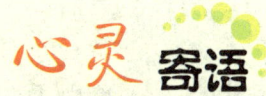

表达对别人的关爱并不需要付出太多，有时几句随意的闲聊就能够慰藉一颗孤寂的心灵。真诚地关心别人，别人一定会喜欢你的，这是让世界充满爱的一大秘诀！

# 改变一生的故事

雨 蝶

萨克小时候是个十分贪玩的孩子。他的母亲常常为此忧心忡忡，母亲的再三告诫对他来讲如同耳边风。

直到16岁的那年秋天。

一天上午，父亲将正要去河边钓鱼的萨克拦住，并给他讲了一个故事，正是这个故事改变了萨克的一生。父亲讲的故事是这样的：

"昨天，我和咱们的邻居杰克大叔去清扫南边工厂的一个大烟囱。那烟囱只有踩着里边的钢筋踏梯才能上去。你杰克大叔在前面，我在后面。我们抓着扶手，一阶一阶地终于爬上去了。下来时，你杰克大叔依旧走在前面，我还是跟在他的后面。后来，钻出烟囱时，我们发现了一个奇怪的事情：你杰克大叔的后背、脸上全都被烟囱里的烟灰蹭黑了，而我身上竟连一点烟灰也没有。"

萨克的父亲继续微笑着说："我看见你杰克大叔的模样，心想我肯定和他一样，脸脏得像个小丑，于是我就到附近的小河里去洗了又洗。而你杰克大叔呢，他看见我钻出烟囱时干干净净的，就以为他也和我一样干净，于是只草草洗了洗手，就大模大样地上街了。结果，街上的人都笑痛了肚子，还以为你杰克大叔是个疯子呢。"

　　萨克听罢，忍不住和父亲一起大笑起来。父亲笑完了，郑重地对他说："其实，别人谁也不能做你的镜子，只有自己才是自己的镜子。拿别人做镜子，只有白痴或许会把自己照成天才的。"

　　从此，萨克决定离开了那群顽皮的孩子们。他时时用自己做镜子来审视和映照自己。

## 心灵寄语

　　我们在审视别人的同时，不能一味地照搬，不能拿别人的优点当自己的优点，也不能拿别人的缺点当自己的缺点。世界上适合自己的东西才是最好的东西。

# 爱的呼喊

忆 莲

在德国的一个小火车站里,一位扳道员正要走向自己的岗位,去为一辆徐徐驰近的列车扳动道岔。这时,在铁轨的另一头,还有一辆火车从相反方向隆隆驰近车站。假如他不扳道岔,这两辆火车就会相撞,酿成巨大的灾难。

这时,他无意识地回了一下头。突然,他发现自己的小儿子正在铁轨的那一端玩耍,而那辆开始进站的火车就驶在这条铁轨上。

怎么办?他可以立即飞奔过去,把儿子抢救上站台。但是,这样迎面驶来的列车上就将会有数百人面临丧生的厄运!

他强忍巨大的痛苦,决定不违反自己肩负的安全职责。这位工人向他的儿子大吼一声:"卧倒!"随即快步奔向岗位扳动了道岔,一眨眼工夫,这辆火车安全地进入了预定的铁轨。

他的儿子由于平素就习惯了服从长辈的命令,没显出丝毫的慌乱,立即笔直地躺倒在铁轨中央。一列满载乘客的火车从他的头顶呼啸着飞驰而过。

车上的旅客们却不知道,他们的到来给一颗崇高的心灵带来了多么巨大的痛楚,他们的生命也曾如千钧悬于一发。随后那位父亲向着儿子的方向狂奔而去,

感谢善良

不敢想象儿子那惨不忍睹的情状。然而，他的儿子仍然活着，而且未受一点损伤！

据说，德皇知道了这位扳道工人的勇敢举动后，就派人去把他召来，奖给他一枚荣誉勋章，一方面是奖励他极端尽职的行为，另一方面则是感谢他教育出一个遵守纪律的儿子。

## 心灵寄语

在人的成长过程中，有一种精神不可丢弃，那便是崇高。崇高是人类社会最具感染力和最为动人的情愫，唯有其才敢谓作永恒。这位工人的崇高精神实在令人感动和佩服。

# 没有人拒绝再次付款

雁 丹

一位研究经济学的朋友要我帮忙，在10个地方找10家商店做诚信试验：具体就是在不同的商店买10次东西，每一次买东西都付两次钱，看有多少人拒绝第二次付款。

我先走进一家服装店，给孩子买了一件20元的衬衣。付过钱出来后，一会儿我又进去说："对不起，刚才我买衣服忘了给钱。"店主是一个中年妇女，慈眉善目的，看样子应该是一个好人。我等她说："你已经付过钱了。"可是她只是看看我，不说话。我把手里的衬衣举到店主的面前说："你看，我买的就是这件衬衣。你开价30元，我说15元行不行，你说再加点吧，20元卖给你。我说20就20……"我故意仔细描述买衣服的情景，以给店主足够的时间和机会。可是她不耐烦地打断我的话，说："行，快交钱吧。"我只好乖乖地又一次把20元钱给了她，再去别的商店做试验。

我一连试了9个店主，竟然没有一个人拒绝第二次付款。

态度最好的那个，也只是淡淡地说："你真是个好人。"那神情不知道是赞扬还是嘲笑。

# 感谢善良

　　只剩最后一次了,我想找个熟人试试。大街对面就有一个卖饮料的小店,是我高中时的一位同学开的,老同学和她的儿子正坐在店里。我穿过大街,走进老同学的饮料店,买了一瓶矿泉水就出来了。几分钟后,我再进去说:"哎呀,老同学,我刚才买矿泉水忘了给钱。"老同学说:"算我送给你喝吧。"我要把试验进行到底,就说:"那怎么行!"我掏出两块钱递过去。老同学竟然伸手来接,我真不想松手,因为一松手,她在我心里的形象就矮小了。就在那张纸币一半在我的手里,一半在老同学的手里时,她儿子说:"妈妈,阿姨不是给过钱了吗?那张钱还在你的手里呢。"老同学的另一只手上,确实握着我刚刚给的两块钱。

　　老同学非常尴尬,不得不松开了手。我很后悔用熟人来做试验,也尴尬地出了饮料店。我刚走到街上,就听到那个讲实话的小男孩在店里放声大哭,一定是老同学打他了。

## 心灵寄语

　　诚信是每个人必须具备的基本美德,诚信对于一个人来说是非常重要的,如果人没有了诚信,那这个人就失去了做人的基本准则。

# 卢梭的忏悔

采 青

在法国著名思想家、文学家卢梭的《忏悔录》中,记录着这样一件事:

卢梭小时候,家里很穷,为求生计,只好到一个伯爵家去当小用人。伯爵家的一个侍女有条漂亮的小丝带,很讨人喜爱。一天,卢梭趁没人的时候,从侍女的床头拿走了小丝带,跑到院里玩赏起来。

正在这时候,有个仆人从他身后走过,发现了卢梭手中的小丝带,立刻报告了伯爵。伯爵大为恼火,就把卢梭叫到身旁,厉声追问起来。卢梭紧张极了,心想,如果承认丝带是自己拿的,那他一定会被辞退。以后再找工作,可就难了。他结巴了好大一会儿,最后竟撒了个谎,说丝带是小厨娘玛丽永偷给他的。伯爵半信半疑,就让玛丽永过来对质。善良、老实的小玛丽永一听这事,脑瓜子顿时懵了,一边流泪,一边说:"不是我,绝对不是我!"可卢梭呢?却死死咬住了玛丽永,并把事情的所谓"经过"编造得有鼻子有眼。

这下子,伯爵更恼火了,索性将卢梭和玛丽永同时辞退了。当两人离开伯爵家时,一位长者意味深长地说:"你们之中必有一个是无辜的,说谎的人一定会受到良心的惩罚!"

# 感谢善良

果然，这件事给卢梭带来了终生的痛苦。40年后，他在自传《忏悔录》中坦白地说："这种沉重的负担一直压在我的良心上……促使我决心撰写这部忏悔录。""这种残酷的回忆，常常使我苦恼，在我苦恼得睡不着的时候，便看到这个可怜的姑娘前来谴责我的罪行……"

## 心灵寄语

诚实是做人的基本原则，是美好道德的核心，是各种良好品格的基础。诚实的人对自己是诚实的，这就意味着不自欺，内心坦坦荡荡，不说违心话，不做违心事。

# 那些温暖的瞬间

丁立梅

邻家女人上街买菜,"捡"回一老妇人。老妇人衣着整洁,不像久经流浪,或无家可归的人,却神情呆滞。在街上见到邻家女人,就一直跟在她后面叫"小毛"。"小毛"是谁?无人知晓。揣测,或许是老妇人的女儿。

邻家女人本想一走了之,篮子里一蓬菜蔬,提醒她快快回家做饭去。回头,却瞅见一张饱经风霜的脸。那脸上,毫不设防地写着对他人的依恋。她的心当下就软了,想,要是她不管,老妇人不一定流落到什么地方去呢。于是,她把老妇人领回了家。

老妇人这一待,就待了半个多月。这期间,邻家女人像对自家老人一样,好茶好饭待她,还带她去浴室洗澡。一边满世界留心着哪里有寻人的。老妇人除了说"小毛"外,不记得任何的人和事。有人跟邻家女人开玩笑说,你还要为她养老送终啊?邻家女人说,真的那样,也无所谓啊,不过是煮饭时,多放一碗水。不久后的一天,老妇人的女儿终于找来了,对邻家女人千恩万谢。邻家女人不在意地笑着说,匀出一口饭,就能救活一条命呐。

晚上去国贸大厦旁的广场散步。总能看到一群快乐的人,随着音乐在空地起

# 感谢善良

舞。每天都是如此。音乐的来源，原是一台旧收音机。后来换了，换成了簇新的DVD机，由一辆自行车架着。我观察过几次，发现自行车的主人，是一对老夫妇。

跳舞的人，是不定数的。谁高兴了，都可以进去跳两圈。不断有人加进去。起初也只是一些老年人，后来一些年轻人也参与进去了。快乐在音乐中沸腾，单纯地飞扬着。

某天，我在一边看着，终于忍不住，走过去问那对老夫妇，是特地来这儿放"免费"音乐的吗？他们说，是啊，每晚7点准时到。

瞧，这都是我们新买的碟片，新华书店买的，正版的，效果很好呢。老妇人举着新买的碟片让我看，我看到碟片上印着飘飞的裙裾，是些慢三或慢四，全是舞曲。

我倾听，效果果真很好，音乐似泉水潺潺流出。我开玩笑说，可以适当收点费的呀。老妇人笑了："收什么费呀，自己找乐子呗，看着大家高兴，我们也高兴。"

原来，这世上，只要匀出自己的一份快乐，就会快乐另一些人，甚至，一个世界。

小城里，蹬三轮车的人多。满大街随便走着，就有车夫跟在后面殷切地问，要车啵？我曾烦过这个，觉得他们特缠人。近日却偶然听来一个真实的故事，故事说的就是这样一群三轮车夫，他们不富裕，有的甚至很贫穷，却能自发地，去照顾一个不幸的老人。老人有过幸福的过往，两个儿子，都成家立业了。一次车祸，却让一个幸福的家，瞬间支离破碎了，老人的两个儿子，双双遇难。所得赔偿金，老人分文未要，全给儿媳妇们了。家产也悉数分光。孑然一身的老人，混在一群三轮车夫里，以蹬三轮车谋生。但因人老体衰，再加上三天两头生病，养活自己也是难的。好在有其他三轮车夫帮衬着，不断送吃的、给老人送用的。

113

这是生活在社会最底层的一些人,他们寻常得常常被我们忽略,可是这个世界,却因他们身上散发出的善和暖,一点一点美好起来。现在走在大街上,我的眼睛,总是有意无意地停在一些三轮车夫身上,是他,还是另一个他,在默默匀出自己的温暖,送给他人?他们的脸上,没有给出答案。他们一如既往,为生存奔波着,路过你身边时,还会殷切地问,要车啵?眨眼间,他们的身影,没入人群里。再走进人群,我的身前身后,总像流淌着一条温暖的河。

## 心灵寄语

马克·吐温曾经说过这样一句话:善良的、忠心的、心里充满着爱的人不断地给人间带来幸福。我们都应该做善良的人,给别人多些温暖。

## 最愉快的一刻

　　帮助别人是一种快乐！愿快乐常伴！"赠人玫瑰，手留余香。"能够帮助别人确实是件很快乐的事。只要心中有爱，就能福泽人间。正如某位哲人所说："帮助了别人，就拥有了财富！"而这个财富就是"幸福"！

# 善意的提醒

张 翔

我的一位老师,最近去了一趟欧洲,去了很长一段时间。回来的时候,跟我谈起了一件令他感触很深的事情。

他在英国伯明翰旅游的时候,住在一个旧城区的小酒店里。就在酒店旁边不远处有条铁路,来往的火车非常稀少。虽然火车稀少,但是铁路关口是有的。那种关口和国内的火车关口相似。一样的公路和火车十字相交,只是关口没有了栏杆,只挂着一排闪亮的交通灯和警报。每当有铁路要经过的时候,交通灯和警报就会早早地提前响起。而恰巧的是,这附近还有一个小学,因此路上的标识多了很多,反复地提醒孩子们要注意安全。

那天,他从那个关口经过的时候,正值学生放学,一群孩子从关口中蜂拥而过。就在这时,他发现很多孩子在向铁路旁的一位老太太挥手。那位老太太坐在轮椅上,她用手使劲地高高举着一个大大的牌子。他走近一看,上面只写着一句话:"请注意安全,我亲爱的米莉就在这里离开了我们。"

听小贩说,这牌子老太太举了一年了,她的孙女一年前在这儿被火车撞死了。

## 最愉快的一刻

他看着老太太那挺直着身子努力向上举牌子的样子,看她眼中弥散出来的那种急切的善良和绵绵的悲伤,内心猛然翻腾起来,一股猝不及防的热泪盈满了他的眼眶……

他告诉我,当时他很感动,因为他看到的是,一个苍老、脆弱而善良的老人在坚韧地举着自己流血的伤口,告诉人们什么叫作疼痛,为的只是提醒别人,不要像她一样受到伤害。

他讲完这个故事,我的鼻子泛起了一股酸涩的感觉,眼眶马上就温润起来了。

这故事让我想起一个纪录片里的镜头。那是一部关于伊拉克战争的纪录片。纪录片里,一个美国军方的征兵站正在征收开往伊拉克的预备役士兵,征兵站里贴满了各种吸引人的英雄主义宣传广告,广告下面排着长长的队伍,那是一群表情兴奋的年轻人,他们的心被广告激发得斗志昂扬。这时,一名中年妇女举着一个牌子突然冲到他们面前,并高声呼叫:"不要去!那里危险!"

镜头对准了她举着的牌子,上面是一张军人的照片,照片下面写着:"我的儿子!"旁边是一封阵亡书……

这时,维持秩序的军人用坚实的臂膀将她架开了,只是她仍然努力地举着牌子,嘴里还歇斯底里地疾呼:"不要去!那里危险!"那一刻,她的眼里,满是泪水!

我再也不记得后面的内容了,因为在那一个镜头前,我的双眼也已经盈满了同样的泪水。

这是多么相像的两个女人啊,一个是祖母,一个是母亲。她们怀着同样疼痛而善良的心,用她们抵御剧痛后仅剩的力量,给予人们至善的提醒与告诫。

## 心灵寄语

　　这个故事让我们非常感动！人心换人心，人心暖人心。善良本是人之本，而如今却让人感到珍贵，相信善良的好人必有好报。

最愉快的一刻

# 日行一善

刘燕敏

他父亲是位大庄园主。

7岁之前,他过着钟鸣鼎食的生活。20世纪60年代,他所生活的那个岛国,突然掀起一场革命,他失去了一切。

当家人带着他在美国迈阿密登陆时,全家的所有家当,仅仅是他父亲口袋里的一沓已被宣布废止流通的纸币。

为了能在异国他乡生存下来,从15岁起,他就跟随父亲打工。每次出发前,父亲都这样告诫他:只要有人答应教你英语,并给一顿饭吃,你就留在那儿给人家干活。

他的第一份工作是在一家海边小饭馆里做服务生。由于他的勤快和热情,很快便得到老板的赏识。为了让他学好英语,老板甚至把他带回家,让他和自己的孩子们一起玩耍。

一天,老板告诉他,给饭店供货的食品公司招收营销人员,假如他乐意的话,老板愿意帮助引荐。于是,他获得了第二份工作,在一家食品公司做推销员兼货车司机。

临去上班时,父亲告诉他:"我们祖上有一条家训,叫'日行一善'。在家乡时,父辈们之所以成就了那么大的家业,都得益于这四个字。现在你到外面去闯荡了,最好能记着这四个字。"

也许就是因为这四个字吧,当他开着货车把燕麦片送到大街小巷的夫妻店时,他总是做一些力所能及的善事,比如,帮店主把一封信带到另一个城里,或让放学的孩子顺便搭一下他的车。就这样,他乐呵呵地干了4年。

第5年,他接到总部的一份通知,要他去墨西哥,统管拉丁美洲的营销业务,理由据说是这样的:该职员在过去的4年中,个人的推销量占佛罗里达州总销售量的40%,应予以重用。

后来的事,似乎有点顺理成章了。他打开拉丁美洲的市场后,又被派到加拿大和亚太地区;1999年,被调回了美国总部,任首席执行官。

就在他被美国猎头公司列入可口可乐、高露洁等世界性大公司首席执行官的候选人时,美国总统布什在竞选连任成功后宣布,提名卡罗斯·古铁雷斯出任下一届政府的商务部部长。而这正是他的名字。

现在,卡罗斯·古铁雷斯这个名字已成为"美国梦"的代名词,然而,世人很少知道古铁雷斯成功背后的故事。《华盛顿邮报》的一位记者去采访古铁雷斯时,让他就个人命运的话题谈点看法。古铁雷斯说了这么一句话:"一个人的命运,并不一定只取决于某一次大的行动;我认为,更多的时候,取决于他在日常生活中的一些小小的善举。"

后来,《华盛顿邮报》以"凡真心助人者,最后没有不帮到自己的"为题,对古铁雷斯作了一次长篇报道。在这篇报道中,记者说,古铁雷斯发现了改变自己命运的简单的武器,那就是日行一善。

# 最愉快的一刻

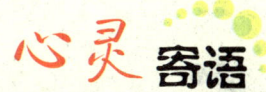

大家大概觉得日行一善很困难,其实也很简单。就像捡起地面上的一片纸屑,只需弯下腰那么简单,然而,如果你懒得去做,那便困难至极。

# 诚实的报偿

向 晴

美国华盛顿州塔科马市10岁的小学生汉森,有一天与小朋友在家门前的空地上玩儿棒球,一不小心将球掷到邻居基尔的汽车上,把汽车的车窗玻璃打坏了。

小朋友们见闯了祸,个个立即逃回家去。只有汉森呆呆地站立了一会儿,决定亲自登门承认错误。刚搬来该市居住的基尔原谅了汉森,但仍将此事告知了汉森的父母。当晚,汉森向父亲表示,他愿意用替人送报纸储蓄起来的钱,赔偿基尔的损失。

第二天,汉森在父亲的陪同下,再度登门拜访基尔,说明来意。岂料基尔笑道:"好吧,你如此诚实,又愿意承担犯了错误所造成的后果,我不但不要你赔偿,还乐意将这辆汽车送给你作为奖赏,反正这辆汽车是我打算弃掉了的。"

由于汉森的年纪还小,不能开车,所以这辆汽车暂由其父代为保管。不过汉森已找人修理好了车窗,还经常给车子洗尘打蜡,好像把它当作宝贝一样。他倚着那辆1978年出厂的福特野马名车说:"我恨不得快快长大,好驾驶这辆车。我至今仍然不敢相信它是我的。"

## 心灵 寄语

　　诚信是什么?诚信是荒原上流淌的一汪清泉;诚信是寒冬腊月交替傲放的一枝腊梅;诚信是夜晚行路时前方如豆的不灭之灯;诚信是在浮浮沉沉漂泊不定的人海中导航的一座灯塔……

# 被欺骗的感觉

慕 菌

暑假,迪斯和杰米开玩笑的时候,把他骗哭了。

妈妈严肃地教育迪斯,迪斯却觉得开玩笑时骗人关系不大。

在狠狠地教训过迪斯一顿之后,妈妈开始高高兴兴地做午餐。当迪斯大声地咀嚼着三明治的时候,妈妈问他:"今天下午,你愿意去看电影吗?"

"哇!我当然愿意!"迪斯想知道要去看什么电影。妈妈说是《音乐之声》。噢,太棒了!他说,他非常愿意去看《音乐之声》!

迪斯洗了澡,穿戴整齐,就像要去赴一个生日宴会。

他们急急忙忙地走出公寓,去赶开往市区的公共汽车。到了车站,妈妈说出了一句令迪斯非常惊讶的话。她说:"宝贝,我们今天不去看电影了。"

迪斯最初没有反应过来。"什么?"他抗议道,"什么意思?我们不去看电影了吗?妈妈,你说过要带我去看《音乐之声》的!"

妈妈停下来,用胳膊搂住他。迪斯不明白她的眼睛里为什么会有泪。接着,她拥抱着他,轻声解释说,这就是被谎言欺骗的感觉。

"说真话是非常重要的,"妈妈说,"我刚才对你撒谎,我觉得糟透了。我不愿意再撒谎了,我相信你也不愿意再撒谎了,人与人之间必须相互信任,你明白了吗?"

迪斯向她保证自己明白了:"……我永远也不会忘记。既然我已经接受了这个教训,那么,为什么我们不去看《音乐之声》呢?我们还有时间。"

"不是今天,"妈妈告诉他,"但我们以后会去。"

## 心灵寄语

永远不要欺骗别人,也不要欺骗自己,要始终以一颗真心去待人。要诚实,不要欺骗人。诚实是一个人的美德。

# 最愉快的一刻

宛 彤

玛格丽在一家百货公司买东西。刚踏上向下移动的自动扶梯,她便注意到梯边站着一个六十多岁的老妇人。她的表情告诉玛格丽,她心里非常害怕。

"要我帮忙吗?"玛格丽转过身问。

老妇人点点头。

等玛格丽回到她身边,她已改变了主意:"我恐怕不行。"

"我可以扶着您。"

她低头看着那"怪物",梯级不断形成、消失,形成、消失,显得犹疑不决。

玛格丽感到,老妇人那突如其来的恐惧,是因为自动扶梯是不通人性的机械。玛格丽把这一点向她挑明,她跟着点点头。玛格丽轻轻抓起她的手背:"走吧,好吗?"

开始老妇人还有点恐惧,但当自动扶梯载着她们向下移动时,她稍微松弛了一点。等接近梯底时,她抓住玛格丽的手再度加紧,不过她们已安然下来了。

"我非常感谢……"老妇人的声音微微有些颤抖。

"没什么,"玛格丽说,"能替您效劳,我感到特别高兴。"

那是好几个星期以来玛格丽最愉快的一刻。她在帮助那位老妇人时,觉得自己的心灵纯洁、健全,充满意义。

## 心灵寄语

帮助别人是一种快乐!愿快乐常伴!"赠人玫瑰,手留余香。"能够帮助别人确实是件很快乐的事。只要心中有爱,就能福泽人间。正如某位哲人所说:"帮助了别人,就拥有了财富!"而这个财富就是"幸福"!

# 我在楼顶看到了天堂

包利民

一个深秋的夜晚,这个城市的一个广播电台正在直播一档"情感倾诉"的栏目。许多听众打进电话,诉说着自己情感生活中的种种不幸。听到那些令人伤感的故事,女主持人红蕾便剖析一番加以开导。也不时有热心听众打进电话,提出自己的看法,为别人排忧解难。因为互动性和现实性较强,这档节目一直很火,在那个时段拥有大量的固定听众。

大约22点45分的时候,一个女听众打进电话,可以听得出来,她情绪波动很大,仿佛自言自语般,讲述着她的故事。她的故事并不离奇,却让她伤透了心,连对生活的希望和勇气都被消磨尽了。和许多人的经历一样,年轻貌美的她遇人不淑,婚后受尽屈辱,终于艰难地离了婚,而她视为生命的孩子也被判给了男方。她万念俱灰,觉得了无生趣。她断断续续地讲着,伴随着轻轻的啜泣,最后,她说:"我不想听到任何安慰和鼓励,我只是想把我的故事讲出来,今天夜里零点整,我就要从楼顶跳下去。我要穿着一身红衣服,都说这样自杀死后会变成厉鬼,我要阴魂不散地缠着他!"

还没等红蕾说话,她就挂断了电话。红蕾意识到事态的严重,而此时,时间

# 最愉快的一刻

已接近午夜：11点30分。她向导播要来那女子的手机号拨打着，可是无人接听。于是，她通过电台向广大听众求援，无论如何要救这名女子。很多听众打电话献计献策，经过分析，这些方法可行性都不大。要在这个城市寻找一个轻生的人，虽然小城不大，却也如大海捞针般艰难。正一筹莫展之际，一个听众说："听收音机的人都到自家的楼顶上去，这样她就没有办法跳楼了！"红蕾一听，这个主意很不错，便号召大家都到楼顶上去。

其实，在那个女听众说完后，人们便已纷纷涌上了楼顶。在这个午夜，这个小城的每一个楼顶都站了不少人，他们的心被一个陌生女子的命运牵引着。红蕾说："大家注意寻找楼顶上穿红衣服的女人，她说不定就在你们中间！"又过了十来分钟，人们打来电话，说并没有在楼顶发现穿红衣服的女子。红蕾刚松了一口气，心却突然提了起来，因为她忽然想到，那女子也一定一直在收听着节目，在这种情况下，她极有可能不穿红衣或者把红衣罩在里面。一想到这一点，再一看时间已是11点45分，她焦急万分。于是一遍遍拨打那女子的电话，却仍无人接听。

红蕾忽然灵机一动，心想那女子如果已到了楼顶，可能不会带收音机，于是她说："大家先不要急，按我说的去做！没有耳机的听众请把音量调到最小，自己能听到就可以！"过了一会儿，红蕾才说："她可能已在楼顶，在你们身边，不一定穿红衣服。大家听我的话，把电话都关了，要快！"又过了几分钟，红蕾说："现在我开始不停拨打她的电话，大家听到谁的电话铃响，就有可能是她了，一定要制止她！"红蕾只能这么一试了，心里不停地祈祷那女子一定要带着电话。她一遍又一遍地拨打着，时针已渐渐接近零点，可是没有听众打进电话来。红蕾的手心全是汗，不停地按着重拨键，就在她快要绝望的时候，一个电话打进直播间，一个听众兴奋地说："我们终于找到她了，她刚刚上来，我们就听到了她的电话响，她没穿红衣服，我们在花园小区3号楼！"说完挂断了电话，红蕾及所有站在楼顶的听众都长长地出了一口气。

20分钟后，又一个电话打进来，导播提示正是那个想轻生的女子。她说："谢谢红蕾，谢谢你们！我上到楼顶，看到了许多人，也看到周围的楼顶上都是人。上来之前我听了节目，便换了衣服，可我没想到，楼顶会有这么多人。而且听说这个城市的每个楼顶都有人。我现在不想死了，因为我忽然发现，原来有这么多人关心着我，世界并不像我想的那样冷漠。我本想从楼顶堕入地狱，却看到了爱的天堂。在这个很凉的夜里，我却第一次觉得生活是这么温暖！我要好好地在这里活着，为了大家对我的爱！"

那一刻，所有人的眼睛都湿了。而本来11点30分就该结束的节目，也推迟了近一个小时。为了一个陌生的女子，那么多人站在凉凉的楼顶，用爱构筑了一个温暖的天堂。那一片火热的爱，不仅焐化了那个女子冰冷的心，也使这个小城的深秋，有了浓浓的春意。

## 心灵寄语

虽然都互不相识，但在陌生繁忙的城市，大家都积极地帮助着那位想寻短见的女子，让她感受到了人间的温暖，让她重新拾起对生活的希望和对这个社会的希望。

# 礼 仪

流 沙

当人伸出一个手指指责别人的时候，另外四个指头却正指着自己。

省城大学里请来一位礼仪教授，他给大家讲授了在生活中应该如何讲礼仪。教授的礼仪课是从敲门开始的。教授说："刚才，我走进教室的时候，轻轻地敲了门，礼仪就是从这样的小细节开始的。"

教授说，有许多人不知道如何敲门，譬如，敲一声，代表试探，说明敲门者是陌生人；敲两声，代表等待对方应答，说明敲门者与你认识；敲三声，代表询问，意思就是"有人吗"。

在接下来的课堂上，教授来了一次模拟礼仪表演。他让一位学员扮作送水工，教授自己扮主人。

"送水工"敲了三下门，他走进去，然后把水搬进了屋里。

教授指出了"送水工"三个礼仪方面的细节问题。第一是敲门声太重，第二是"送水工"没有表明自己的身份，第三是他没有自带一次性鞋套，套住鞋子，以免鞋子弄脏主人家的地板。

于是，"送水工"和教授又来了一次表演，一切按照教授指点的那样做。

所有动作结束后,"送水工"仍然站着,呆呆地看着教授。教授说:"这位学员,你可以下台去了。"

这位学员说:"如果有人给我送水,我常常不好意思让他们换鞋,宁可自己拖一下地板。还有,送水工离开的时候,我都会说一声'谢谢'。教授,我需要一声'谢谢'。"

教授呆在那里。继而,教授说:"谢谢你。"学员们都鼓起掌来。所有人都知道这热烈的掌声是送给谁的。

## 心灵寄语

无论何时何地,我们都要以最恰当的方式去待人接物。这个时候"礼"就成了我们生命中最重要的一部分。礼仪是人际关系中的一种艺术,即在人与人的交往中约定俗成的一种习惯做法。

最愉快的一刻

# 逃 票

冷 薇

12年前,有一个小伙子高中刚毕业就去了法国,开始了半工半读的留学生活。

渐渐地,他发现当地的车站几乎都是开放式的,不设检票口,也没有检票员;甚至连随机性的抽查都非常少。凭着自己的聪明劲儿,他精确地估算了这样一个概率——逃票而被查到的比例大约仅为万分之三。他为自己的这个发现而沾沾自喜,从此之后,他便经常逃票上车。他还找到了一个宽慰自己的理由:自己还是个穷学生嘛,能省一点是一点。

4年过去了,名牌大学的金字招牌和优秀的学业成绩让他充满自信,他开始频频地进入巴黎一些跨国公司的大门,踌躇满志地推销自己。然而,结局却是他始料不及的:这些公司都是先对他热情有加;然而数日之后,却又都是婉言相拒。真是莫名其妙。

最后,他写了一封措辞恳切的电子邮件,发送给了其中一家公司的人力资源部经理,烦请他告知不予录用的理由。当天晚上,他就收到了对方的回复:

"先生：

我们十分赏识您的才华，但我们调阅了您的信用记录后，非常遗憾地发现，您有两次乘车逃票受罚的记载。我们认为此事至少证明了两点：1.您不遵守规则；2.您不值得信任。鉴于以上原因，敝公司不敢冒昧地录用您，请见谅。"

直到此时，他才如梦方醒、懊悔难当。

诚信是人的立身之本，父母应该加强对孩子进行诚信品质的教育，从小就教育孩子守信用、负责任。告诉孩子，一个言而无信的人，是没有人愿意和他合作的。

# 误译绝非偶然

冷 柏

1961年，丹麦物理学家玻尔访问苏联，出席了莫斯科物理学家为他举行的一个欢迎会。在玻尔做演说的时候，有人问他："您是怎样成功地创建了一个一流的理论物理学派的？"

玻尔不假思索地回答说："可能因为，我从来不感到羞耻地向我的学生承认——我是傻瓜。"

玻尔这次演说的翻译，由苏联物理学家列佛席茨担任。他是苏联物理学家、诺贝尔物理学奖获得者兰道的亲密合作者。玻尔的话音刚落，列佛席茨脱口而出翻译说："可能因为，我从来不害臊地去告诉学生——他们是傻瓜。"

顿时会场里发出了一阵哄堂大笑。笑声使列佛席茨发现自己误译了，立即做了改正，并向玻尔表示了歉意。

当时，苏联物理学家、诺贝尔物理学奖获得者卡皮查也在场，他摇着头说："这不仅仅是误译！"

"为什么呢？"有人问。

"出现这个误译绝非偶然。"卡皮查感慨地说，"确切地说，玻尔和兰道两个理论学派的不同之处,就在这里!"

卡皮查的话真是一语破的。

兰道被有的科学家誉为20世纪上半叶最著名的12位物理学家之一。他思维敏捷,有百科全书般的知识,喜欢打破陈规陋习,爱好标新立异,在科学上创立了光辉的业绩。但是,在作风上,兰道和玻尔确实截然不同。玻尔像他的老师卢瑟福一样,学风民主,平易近人,虚怀若谷,尤其善于向年轻人学习;而兰道给人的强烈印象则是:智力上虽有优越感,但缺乏克制,经常独断其是。

## 心灵寄语

这是个让人深思的故事。这个故事告诉我们,一个人不管地位多高,学问多大,只有平易近人,虚怀若谷,才能赢得别人的尊敬。

## 人性的爱抚

宽容的心和善意的尊重，可以化干戈为玉帛。来自内心善意的尊重可以使在困境中的人的心灵瞬间净化，并使他终生受益。

# 人性的爱抚

马 德

这是个不大的小镇。

中午的街道空空的,没有一个人。树叶都打着卷,黯淡而又倦怠着、耷拉着。偶尔有一阵风,也极微小、极细弱,还没有感觉到,就消逝了。在这样的大热天里,是不会有什么顾客上门来买东西的。这家店铺的男人也有些困乏,忍不住趴在柜台上打起盹来。

朦胧中,他被一阵窸窸窣窣的声音惊醒。果然,靠门的地方,有一个年轻人正向里张望。他正要问些什么,年轻人突然又退了出去。他警惕地四下打量了一下铺面,发现并没有少什么。他正要趴下继续打盹的时候,年轻人又探头进来。

"你要买些什么吗?"他不失时机地问。

"我,我……"年轻人支支吾吾,半天也没有说出什么来。他觉得事情有些蹊跷,仔细打量这个年轻人:除了满身的疲惫和蓬乱的头发外,穿戴还算整齐,然而最显眼的,是他背后的那把古琴,颜色红红的,像一簇火焰在燃烧。

"你到底有什么事?"这次问的时候,他故意让自己的语气变得耐心些。

"我,我是个学生。要参加明年高考,考试之前,我想去市里的师范学校找

## 人性的爱抚

个老师辅导辅导……"男人很机敏，一下子就听出了年轻人的意思，问道："那你是问路，问去市里的路吧？"

"不，不，我不是。"年轻人显得有些局促不安，说，"我家里过得很不好，父亲老早就去世了，母亲供我已经很吃力了，我想，我想为您弹一段琴……"说完这段话，年轻人似乎用尽了自己所有的力气和勇气。

男人这才听出了年轻人的意思，刚要说什么，突然帘子一掀，女人从里屋走了出来，还睡眼惺忪的，冲年轻人说："出去，出去，你们这号人我们见得多了。说白了，你们就是想要几个钱。我们这儿每天都有讨吃要饭的，编个谎话，就想骗钱，没门儿。"女人嘴快，说话像连珠炮，年轻人变得更加局促起来，眼神里也藏着遮掩不住的慌乱。

男人没有听女人的，说："孩子，坐下来，弹一曲吧。"他把自己坐的凳子拿过来，轻轻地放下，然后便静静地站立在一边，极欣赏而又极专注地看着年轻人。乐声响起的时候，偌大的店铺里，顿时像有清泉流淌一般，汩汩滔滔，又似一阵清风，淡淡幽幽地吹拂着，时而舒缓，时而低沉，时而绵长，营造出一种高雅而曼妙的意境。

一曲终了，男人似乎被这乐声打动了。就在他缓步走向那个放着营业款的抽屉的时候，女人紧走几步过来，伏下身子，一把按在抽屉上，又开始数落起来，几句过后，男人有些不耐烦了，说："我不相信他是个骗子，至少，他的琴声是纯洁的。"

几年后，一位在音乐上颇有造诣的老师，在大学课堂上为学生讲起了这个故事。他说："当时，我在进那家店铺之前，已经去过好多家，但无一例外，都被人家轰了出来，冷眼、嘲笑，甚至是谩骂，几乎使我丧失了继续找下去的勇气。人在这个时候，往往容易走极端。其实，不瞒大家……那个中午，我看到店铺里的那个男人睡着了，我的心里陡然升起了一种事先未曾料到的邪念——我想偷一笔钱，甚至我当时想，即便在这里不成功，我也要在下一个地方这么做。"

然而那个男人接纳了我，他给了我钱。更重要的是，他的那句'至少，他的琴声是纯洁的'，像一道耀眼的光芒，在我阴暗的心底闪亮起来，这是一个善良生命发出的宽容的光芒，也是厚重的爱的霞光，映照在我的心灵深处，荡涤着我内心的尘垢。也就是这么一句铭心刻骨的话，把我从那个危险的边缘拉了回来。"

"是的，"他说，"一颗在困难中的心灵本已脆弱，而这时候，善良就是一双温暖的大手，宽容和肯定就是天底下最和蔼、最慈祥的姿势，很容易把即将跌倒的生命拉起来，因为没有一个灵魂自愿蒙尘，也没有一个生命自甘堕落。"

"所以，"他顿了顿说，"当在困境或苦难中的人们向我们伸出求援之手的时候，我们不要忘掉人性原本的光辉，而在这人性的光辉中，宽容和肯定，就是对寒冷而疲惫的心灵最温暖、最具尊严的爱抚。"

宽容的心和善意的尊重，可以化干戈为玉帛。来自内心善意的尊重可以使在困境中的人的心灵瞬间净化，并使他终生受益。

# 真正的尊重

周海亮

姑娘坐在那里,面前放着一架脚踏琴。她像一位登台表演的钢琴家,在柔和的灯光中,脸上溢着骄傲和虔诚的表情。

我和朋友去作协办事,刚下车,就被她吸引住了。确切说,一开始吸引我们的,是她的琴声。流水般的声音,在嘈杂的市井,静静地流淌。

她的面前,放着一个小巧的塑料筐,里面散落着几张零钞。她并不看那个塑料筐,她的目光盯着围观的人群,盯着街角的合欢树,盯着店铺的招牌,盯着远处的公共汽车。

她的目光无处不在,却并不看那个塑料筐。

那时她弹的是《致艾丽丝》,很经典的曲子。

姑娘只有一条腿、一只胳膊。我不知道她是如何将那架脚踏琴搬到那条繁华的步行街的,但我知道,她不是骗子。一个人可以伪装出贫穷和残疾,可以编造出让人同情的谎话,甚至可以流下虚假的眼泪,唯独伪装不出她那种善良和纯净的眼神。

姑娘的眼神,纯净并且善良。

琴声如月光般清澈和明净,迎面扑来。不是亲眼所见,你很难相信,那琴声的弹奏者,只有一条腿、一只胳膊。

谈不上震撼。只是那一刻,却被她感动了。

和朋友对视一眼,各自掏出10块钱,郑重地放进那个塑料小筐。然后,我拉起朋友,欲走。

朋友瞪我一眼。他轻声说,听完!

我知道朋友并不喜欢这首曲子。或者,即使喜欢,这首已经可以背下的名曲,也完全没有重听一遍的必要。特别是,那天我们本来已经迟到,时间紧得很。

朋友仿佛怕我走开,他紧紧地攥着我,听那位姑娘的琴声。

一曲终了,朋友轻轻鼓掌,声音不大,却很郑重。我听到姑娘说,谢谢。她并不看我们,也不看那个塑料筐。她喝下一口水,然后,又一支悠扬的曲子从她的指尖流出。

后来朋友说,你认为,那10块钱,是对她的怜悯吗?

我说不是。

朋友说,那就对了。其实那天,我们是在欣赏一位乐者的演奏,所以我们要给钱,所以我们要听完。

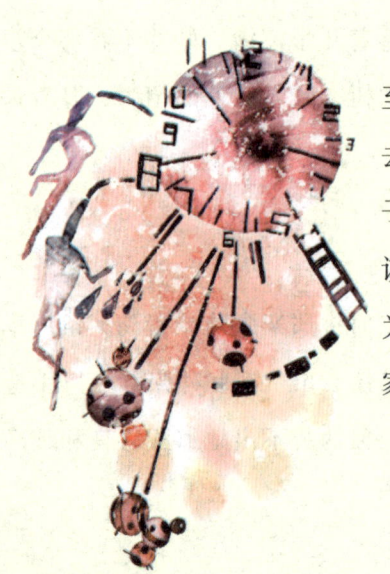

我想他说得对。那位姑娘当然不是乞丐。甚至,可以说演奏是她的事业,乃至生命。那天我们去欣赏的,其实是她的露天演奏会。我们听了曲子,给了钱,但是,交易并没有到此结束。我们应该听她演奏完那首月光流水般的曲子,我们应该为她的精彩表演而鼓掌。无论她是一位真正的艺术家,还是一位街头的卖艺者。

这是对她的尊重,真正的尊重。

人性的爱抚

真正的尊重不是怜悯。尊重别人不是施舍你的仁慈心,而是发自内心地感觉到对方也是一个人,一个直立于天地之间的与自己相同的活生生的人,只有你把别人"当人"看待了,你才能真正地尊重别人!

# 感恩是一件幸福的事

邓 笛

那日，去北京拜访一位大书画家，之前早就听说过他的名字，简直是如雷贯耳，以为这等人物一定高傲尊贵，因为，他的一张画可以卖到几十万。

去的路上，朋友介绍他苦难的历史，说他文革中差点死掉，但终于隐忍地活了下来。那时，他养菊花，妻子死了，儿女下乡了，他每天就对着菊花说话，于是，就活了下来。

我觉得这种历经了沧海桑田的人一定寡言，或者喜欢独处沉默。但一切恰恰相反。

开了门，先看到他和蔼可亲的笑容，然后说："早泡好了铁观音等待着你们呢。"屋里有很多猫和狗，洋溢着兰花的清香，他笑着说："全是我闺女和儿子，天天围着我。"

那些书法和绘画作品，有的还有猫爪子印。那可是几十万的东西。他叫着它们的名字，东东，娇娇，爸爸有客人，去那边玩儿好不好？

难怪人家叫他老顽童呢。

我名字中有个"莲"字。他说："'莲'字好啊，出淤泥而不染，来，我送

# 人性的爱抚

你一个'莲'字。"他的字价值不低，我岂敢要？他却说，别嫌不好，算我们初次见面的礼物。

我感动得不知说什么好。阳台上，有盛开的各式各样的花，全是他养的，还有几只并不名贵的鸟。屋里，播放着张火丁的《春闺梦》。他说，下个月火丁在长安大戏院上演《春闺梦》，喜欢吗？喜欢我就等你们一起看。

问他怎么会有这样的心情，他只用两个字回答我：感恩。

一切已经很好了，他说，文革中没有死，而且生活越来越好，讨画的人越来越多，活着是多么有意思的事情。

已经很好？受了很多的苦却说已经很好，讨画的人多也好？若是别人，烦也烦死了。

中午请他去外面吃饭，朋友带了1万块钱，准备去王府井吃。但是他说："不去，没那个必要，你们实在不了解我。姑娘，"他转过头问我，"会做手擀面吗？""当然会"，我说。"那好，咱吃面条！"你相信吗？在老书画家的家里我亲自操刀上阵，一个小时之后吃上了热乎乎的面条！

外面春光正好，屋里鸟语花香。猫和狗在周围来回溜达着，老书画家时不时哼一段京剧，那是一个多么美妙的下午，我仿佛听到了禅意，看到了芬芳。

老书画家告诉我，不懂得感恩的人不知道幸福的滋味。

想想自己，每天忙些什么，名？利？房子？车子？永远嫌钱挣得太少，永远抱怨生活给予的不慷慨，永远说别人在亏欠自己。痛苦总比幸福来得快、来得多。老公不够浪漫，房子太小了，车子应该换了，同学有的当上了处长，朋友有的赚了千万……我总在拿别人的长处和自己的短处比。其实，和自己比呢，10年前我没有爱情，现在我有了；10年前我住单位宿舍，现在我住120平方米的房子，而且是这个城市中最贵的房子；我虽然没有宝马良驹，可有一辆还能开的富康；我虽然没有当多大的官，可在单位中人缘挺好……原来我这么幸福！

就像我的一个朋友，他曾经是临时工，可有一个机会突然转成了公务员，他高兴得不行，天天和我说这件事。最后我都听烦了，但是他说，我觉得好日子总是没完没了地重复！

看看人家的心态，人家一直觉得好日子没完没了地重复，我却总觉得生活亏欠了我什么！

不懂得感恩的人怎么会懂得幸福？老人说得多对啊。

如果不懂得感恩，他会画出那么好的画吗？会写出那么灵秀的字吗？那得要有一颗大气的、慈悲的心才行啊！不然，那些猫爪抓了他的画还不得被剁了爪子？可是他顶多笑骂一句它们不乖，好像说着自己调皮的孩子。

感恩的心，会看到生活细微处的美妙和动人，会听到风在空气里流动的音乐，会等待着春天到来，会期盼着一个约会，会想念远方的朋友，会在突然的刹那就轻轻地笑了，因为，这颗心懂得，生活原本十分美妙，而感恩是最幸福的事情。

## 心灵 寄语

不懂得感恩的人不知道幸福的滋味！感恩的心，会看到生活细微处的美妙和动人，会听到风在空气里流动的音乐，会等待着春天到来，会期盼着花开，会想念远方的朋友，会在突然的刹那，就轻轻地笑了。

人性的爱抚

# 5310号，英雄永不沉没

姜钦峰

台风就要来了，5310号渔船开足了马力，全速返航，他们必须赶在台风来临之前进港避风。凌晨时分，海岸线渐渐清晰起来，远远看见岸上的灯火，陈永海站在甲板上长出了一口气，暗自庆幸总算平安返航。

忽然，对讲机里传来急促的求救信号。一条渔船的齿轮箱发生了故障，失去了动力，随时可能被台风吞噬，因为风大浪急，海洋急救船已经无法出港。遇险渔船危在旦夕，这时，陈永海不假思索，立即命令掉转船头，火速营救。船员们却迟疑了，有人赶紧提醒："老大，咱现在也是泥菩萨过河——自身难保，回去救人，这不是拿性命做赌注吗？"这个人说的是实情，此时海上风浪正在逐渐加大。陈永海不由分说，大吼一声："遇险必救，这是行船下海的规矩！"其他人不再反对，立即掉转了船头。

陈永海是5310号的船老大，在船上拥有绝对威信。出过海的人都知道，并非买得起船或驾船技术熟练的人就有资格当船老大，一旦出海，全船人的命就都交给老大了，因此船员最看重的是老大的为人。陈永海有多年出海经验，沉着干练，且为人义气，把命交在他手里，大家心里踏实。5310号劈波斩浪，朝出事海

美德故事

域疾驶而去。陈永海心里当然十分清楚,救与不救,其实是生死抉择,这次不同以往,自己的对手将是50年一遇的强台风。

两个小时后,终于发现遇险船只。这片海域暗礁重重,稍有不慎必将船毁人亡,两船相距只有200多米,却再也无法靠近,而此时海上风力已经达到15级,巨浪滔天,人在甲板上都难以站立。有人劝陈永海:"老大,咱已经尽力了,现在自身难保,赶紧回吧!"风力还在加大,毫无疑问,此刻多在海上停留一分钟就多一份生命危险。陈永海默不作声,难道只能眼睁睁地看着他们葬身大海?

见死不救,身为船老大的陈永海无论如何也做不到,他依然沉着镇定,又拿起对讲机指挥对方排除故障,除此别无良策。船员们从老大刚毅的脸上获得了信心,各司其职,掌舵的掌舵,抽水的抽水,竭尽全力与风浪搏斗。足足过去了两个小时,遇险船只竟然奇迹般地排除了故障,终于松了口气,为防止再次发生险情,陈永海又吩咐对方在前头开路,自己断后。风力仍在增大,他们一刻也不敢停留,为了减轻船上的载重量,陈永海又果断地命令船员将价值几万元的渔具抛入大海。两条船一前一后,开足马力全速返航。

然而,谁也没料到,更大的灾难正在悄悄逼近。行驶了不到20分钟,5310号忽然失去动力,海上漂来的绳索绞住了螺旋桨,巨浪不断地冲上甲板,下水斩断绳索绝无可能,那样人会被狂风卷走的。陈永海迅速拿起对讲机向前方呼救,对方却无法收到信号,他们只好拼命大声呼喊,可是雷鸣电闪,狂风呼啸,前面的渔船并未听到呼救声,渐行渐远。失去动力的船仿佛一根稻草,在茫茫大海中随风漂流。5310号岌岌可危,命悬一线。

5310号虽然失去控制,但船上的精神支柱没有倒。船员们相信,只要他们的老大还在,希望就在。陈永海脸色凝重,却并未慌乱,他坚信,一定会有人来救自己。他冷静地拿起了对讲机,向海上搜救中心呼救,又吩咐船员竭力保护电瓶,因为这是保持通讯联络的命根子。在海上漂流4个小时后,海上搜救中心的救

# 人性的爱抚

援船冒死赶来，而此时海上风力达到了17级，5310号上的船员根本无法弃船逃生。经过几番殊死拼搏，他们终于把缆绳抛向了救援船，艰难拖行了一海里之后，忽然一个巨浪扑向了救援船的驾驶台，船体进水，滔天巨浪还在张牙舞爪地不断扑来。救援船万般无奈，为求自保，只好砍断缆绳……

最后一线生机被砍断了，绝望的5310号在狂风巨浪中飘摇不定，叫天天不应，唤地地不灵。陈永海仰天长啸："老天，求求你救救我们吧，我死了不要紧，船上还有我这么多弟兄啊！"然而，回答他的，又是一个劈头盖脸的巨浪，一道闪电划过，撕破了漆黑的夜空，两行热泪顺着他的脸颊淌下。为了救人，他在海上历险十几个小时，连眉头都没皱过一下，然而这次，这个铁骨铮铮的七尺男儿潸然泪下，他想到的不只是船上的弟兄，还有家里的妻儿老小。船上10条汉子都哭了，此刻他们无从选择，只能面对死亡。

17级台风挟着海水不断地涌进船舱，死神步步紧逼，陈永海并未乱了方寸，命令大家迅速穿上救生衣。然而，这回大伙又迟疑了，船上10人，只有9件救生衣！"混蛋，全给我穿上！"陈永海急得暴跳如雷，大声吼道。在他厉声催促下，其余9人默默地穿好了救生衣。"船上有什么吃的，统统拿出来，咱全吃了，宁做饱死鬼，不做饿死鬼。"陈永海依然指挥若定。马上有人翻出一大堆方便面、火腿肠，可是即将面临灭顶之灾，谁吃得下呀，又是在陈永海威逼之下，他们把东西全吃了。

巨浪一波赶过一波，无情地拍打着5310号，海水已没至腰间，船体开始倾斜，慢慢下沉。回天无力，陈永海最后看了一眼家的方向，然后回过头说："弟兄们，对不起，我先走了！"说完，他抱起两块塑料泡沫跃入大海，而5310号悲壮地沉没了……

台风过后，烟消云散，风平浪静。搜救工作迅速展开，30多个小时过去，毫无进展,正在人们悲观失望时,有4名船员奇迹般地获救了,正是最后一顿饱餐让他们支撑了那么长的时间。7天后,人们不得不放弃了搜救,船老大陈永海和他的几位弟兄,永远留在了那片蔚蓝的大海。

两年前的"云娜"台风已渐渐地被人淡忘,可是人们永远不会忘记,在浙江临海桃渚镇有一个船老大——32岁的陈永海,还有他的好兄弟,那都是顶天立地的汉子。船可以沉,而英雄永不沉没!

## 心灵寄语

船虽然沉了,但是英雄的气概永远不能沉没!那是一种不可抗拒的精神力量,是一种令人敬佩的气度。英雄永远活在我们心中。

人性的爱抚

# 守住底线

马国福

虽然我们对新加坡的城市繁荣和文明有序早有耳闻,但百闻不如一见。身边的一件小事,就给我们上了生动的一课。

抵达狮城,导游把我们直接带到了市中心的制高点——花芭山观景。登临山顶,举目四望,千姿百态的绿色植物扑入眼帘,港口、岛屿及鱼尾狮雕塑的美景一览无余,尽收眼底。绿色和文明是新加坡城市的特色,我们边听导游讲解,边欣赏如画的景色。几位游客悠闲地点燃了香烟,为了表示友好,其中一位拿出一支中华牌香烟递给导游,导游却微笑着谢绝了。

递烟者问:"你不抽烟吗?"导游答:"我的烟瘾比你们谁都大,但我只抽自己的烟。"说着他便拿出自己的烟抽起来。我注意到,他抽的是10元一包的万宝路,而递给他的中华烟每包价值在60元左右。

一路走来,导游尽职尽责地为我们详细地介绍着一个个景点,同时还不忘提醒抽烟的游客:把烟头扔进垃圾桶里。我发现,导游抽烟时,总是拿出一张纸,小心翼翼地将烟灰抖在纸上,等烟抽完了,再把烟头和烟灰全部扔进垃圾桶内。

乘车返回酒店的路上,导游对他刚才的举动作出了解释:"刚才有朋友递给

我中华烟,我没有接受,我知道中华烟在中国是很高档的香烟,但是我们政府有规定,导游不能接受游客的任何东西,哪怕是一支香烟。政府每月发给我们一万新元的薪水,但如果我抽了你们的香烟,就等于违背了自己的职责,就对不起自己的薪水。如果有人投诉我抽了游客的烟,我就会被贪污贿赂调查局请去喝免费咖啡,这是很不光彩的事情。不属于我的东西,哪怕再昂贵也不能接受,否则我就对不起国徽,这就是我们签约导游的做人底线!所以无论何时何地,我都会自律自省,这样过得才坦然幸福。"

听了这番话,车里一片寂静。导游的底线,是一种做人的境界,是一个民族保持强大生命力的源泉。由此我明白了,新加坡何以在较短的时间内迅速崛起、繁荣昌盛,何以因文明、法制之国著称于世。

恪守心中的底线,从我做起,从细节做起。文中说:"不属于我的东西,哪怕再昂贵也不能接受。"不论做什么事,都有一个底线。这也与一个国家的教育有关。

人性的爱抚

# 那一次忠诚的背叛

包利民

那是一所再普通不过的房子，但在这个小城中，它绝对是最美的建筑。古旧的青砖瓦房，早已失去了昔日的挺拔和光彩，像一个垂暮的老人，在岁月的风霜雨雪中一身沧桑地走来。

这是三间正房，现在已成为人们常来观瞻之地。初到这个小城，我很是不解，和它同年代的老宅都已被拆除，它何以能保存下来？

在房子正门之上，悬挂着一块匾，上面只刻了一个红红的大字：家！一进门是个厅堂，墙上挂了许多照片，照片中的人都是当年的抗联战士，背景都是这所房子，每个人的脸上都带着虔诚与微笑。我看见了墙上的文字介绍，方知就在这里，曾先后躲藏了近300名受伤的抗联战士。

当年房子的主人是一个极普通的中年人，姓李，没有人知道他的名字，包括那些在这里藏过身的人。他们都叫他爸爸，把这里当成自己的家。许多次，在鬼子来搜查时，这位老爸爸都不顾自己的安危而保护着那些孩子。甚至有一次，鬼子就在这个院子里，用刀砍下了他妻子的头，他都没说出抗联战士的藏身之处。

可是中华人民共和国成立后,有很长一段时间,老爸爸都遭受着人们的鄙夷和唾弃,因为有一次,他出卖了两名抗联战士,致使那两个人惨遭鬼子杀害。

那一天,鬼子得知他的家中藏有抗联战士,便气势汹汹地赶来,包围了这里。当时房中藏了14人,由于夹壁墙中只能藏12人,再多就挤不进去了,所以有两个被老爸爸安排在了壁柜的夹层里。鬼子搜了个遍,也没发现什么,于是恼羞成怒,把老爸爸绑在院中的小树上,打得死去活来。后来鬼子见也问不出什么,便下令要烧房子。此时,老爸爸突然说:"不要烧房子,那是我祖上留下来的,烧了,我就没有家了,我告诉你们人藏在哪里。"

鬼子大喜。老爸爸将他们带到壁柜前,说夹层里有两个人。鬼子很快将两个人搜出来,也是在这个院子里,砍了他们的头。自始至终,那两名战士都没有说一句话。

鬼子走了,老爸爸和房子都得以保存了下来。那12个人从夹壁墙里出来,纷纷指责老爸爸,老爸爸说:"不牺牲两个人,一放起火来,你们全得死!这是没有办法的办法!"可是人们并不理解,怒气冲冲地走了,说要不是以前他救过的人多,早把他崩了。从此,再无抗联战士到他这里避难。那是老爸爸最后一次帮助抗联战士,以后,这所房子便彻底寂静下来了。

"文化大革命"期间,老爸爸因为此事受尽摧残,那时他已经80岁高龄,当他在这个院子里即将被执行死刑时,忽然来了一位颇有名望的老领导。他一见老人就跪下来,唤了一声"爸爸",眼泪哗啦啦地掉!接下来,他向人们说出了一个令人震惊的事实:"在这房子里住过的战士,都叫他爸爸,那一次他出卖的那两名战士,也同样叫他爸爸,可他们,是爸爸的亲生儿子!"

那一刻,人们只有泪水,许多人跪下来,向老人致敬!

后来,动乱过去了,许多建筑都被毁了,却没有人动这所房子的一砖一瓦!许多当年在这里避过难的战士,都曾来到

# 人性的爱抚

这里,他们说,到了这所房子,有一种回家的感觉!

在这里住过的很多抗联战士都留下了照片,而老爸爸一家四口却连名字都没留下。老爸爸去世后,这里便成了小城的圣地。只是,人们再也无法去想象那一家四口的音容笑貌了!不过这又有什么关系,他们留下的已经足以感动我们一生一世!

有的人为了他人的利益,为了顾全大局,甘愿牺牲自己的一切。"老爸爸"为了救助抗联战士的性命,为了革命的胜利。甘愿牺牲自己的儿子,甘愿奉献自己的一生,这是多么伟大的精神,多么崇高的品质啊!

# 翅膀的恩赐

包利民

上幼儿园的时候，阿姨就曾告诉过他们：你们都是快乐的小天使，你们的父母就是翅膀，能够让你们自由地飞。

那时他很兴奋，以为可以一直飞下去，因为父母把他们的爱无私地奉献给了他。而他那时也很幸福快乐，虽然出生在普通的家庭，可是父母一直都把最好的东西给他。

后来上了学，从小学到中学，他都是成绩最优秀的，他是父母的骄傲。在大学里，他也是很努力地读书，不过心境却悄悄地起了变化。身边的同学们，生活要比他丰富多彩，那些激情四射的活动，那份花前月下的浪漫，无不让他钦羡。而他只能观望，因为家庭的原因，他无法像其他人一样生活。是的，这许多年来，为了供他上学，家里的经济条件越来越差。

他能理解，却不平衡，为什么别人的家庭条件都那么好，为什么别人的父母都那么有本事，而自己却无缘生在那样的家庭中？于是心底微微地有了怨怼。

而这种落差，在毕业后越发地明显起来。当初为了省钱，他上了一所学费少的普通院校，但以他当时的成绩，上个重点大学应该是不成问题的。上大学期间

# 人性的爱抚

并没有觉出什么，而当他拿着毕业证四处应聘时，才发现自己这所学校的微不足道。相反，如果是从重点大学毕业的，情况就会大不一样了。

本以为其他同学的情况会和自己一样，而结果却令他吃惊，同学们大多找到了令人羡慕的好工作。一打听，方知原因，原来别人的父母有门路或者有势力。他的心忽然充满了悲哀与不满，自己的父母和亲戚，没有一个有权有势的，否则自己也不会沦落到今天的地步。

最后，万般无奈之下，他回到县城的中学当了一名普通的教师，他不快乐，因为这不是他梦想中的生活，因此他觉得自己的一生都被父母影响了。

有一次他给学生们读一篇杂志上的文章，里面有这样一句话："父母就是孩子的两只翅膀，是他们让孩子飞得更高更远！"他颇不以为然，如果这两只翅膀不够强硬，那怎么能够飞起来？

那一年的春节，他和父母回乡下探亲。祖母家的院子里养了几十只鸡，在雪地上四处奔跑着。看着那些鸡，他忽然有所感，是的，这些鸡就和自己一样，空长着两只翅膀，却无法飞翔。

于是他对父母说："你们看这些鸡，长翅膀有什么用？又不能飞起来！"

父亲看了看那些鸡，说："孩子，你说得不对，翅膀除了飞翔，还有两个更重要的作用，那就是防寒和保护！"

那一刻，他的心里一阵悸动，那份震撼是无法言喻的。许多年以来，父母一直关怀着他，并用他们的力量抵御着种种外来的困难，比如贫困，比如不期然的伤害，正因为如此，他才能平安地长大，顺利地求学。他早该感受到那份温暖、那份呵护了，可他却一直怀有抱怨之心！看着那些鸡，他的眼泪忽然就淌了下来。

从那以后，他心怀感激地工作

和生活,珍惜着拥有的一切,再无抱怨与不平。因为他明白了翅膀的作用,他感谢上天能赐给自己那么好的一对翅膀。他告诉学生,他们每个人都是幸福的,因为有父母的爱在伴随着他们成长,父母永远是他们的翅膀!

## 心灵寄语

曾几何时,我们都拥有一双翅膀,一边承载梦想,一边满怀希望。有对幸福生活的憧憬,有对美好未来的向往。勇气是力量,欢笑是导航,而父母的爱为我们护航!

# 情人节的木兰

王 悦

情人节前一天，我开车来到未婚妻佩蒂实习的城市，带着我精心准备的礼物——占满整个后座的一大束木兰花。佩蒂父母家的院子里有一棵木兰树，小时候我们经常坐在树下欣赏雍容华贵的仿佛象牙雕成的花朵和绿油油的天鹅绒般的叶子。木兰一直是佩蒂最钟爱的花，今年她在离家几百英里的医院实习，从故乡花园里摘下的木兰就显得更珍贵了。

为了给未婚妻一个惊喜，我没直接去找她，而是在医院附近的旅馆订了房间。二月天虽然不热，但剪下的木兰要在阴冷的环境下才能保持新鲜。于是，我把房间的冷气打开，小心翼翼地将装花的纸箱搬到空调附近，又用浴巾严严实实地盖起来。一切准备就绪，我这才觉得肚子饿了——晚饭时间早过了，我还什么都没吃。锁好房门，我去市中心好好犒劳了自己一番。

等填饱肚子，回到旅店，已经是午夜了。我边开门、边想象着佩蒂明早惊喜的样子，希望这是到目前为止，我们最快乐的一个情人节。房门开了，一股热气扑面而来，空调正猛吹着暖风，我几乎晕了过去！跌跌撞撞地跑到纸箱前掀起浴巾，我看到曾经奶油色的木兰花全变成了咖啡色，翠绿欲滴的叶子这会儿像是一

堆烂菠菜。粗心的我把空调的暖风开关当成冷风开关了！

第二天，情人节，一夜没睡好的我开车去找佩蒂。突然，路边一座房子后面，闪出一棵高大的木兰。我灵机一动，这家主人会不会送我几枝木兰呢？"他更有可能把你当抢劫犯，放狗咬你，然后送你一颗子弹。"我听见自己的理智回答，但还是忍不住停下车，向房子走去……还好，没有狗冲出来。我按门铃，一位老人慢慢打开大门。

"您好！先生，我需要您的帮助……"听完我的请求，老人憔悴的脸上露出微笑："非常愿意为您效劳。"他爬上梯子，成枝剪下大捧大捧的木兰，慷慨地送给我。不一会儿，整个车后座都被富丽堂皇的花朵淹没了，我想自己一定是遇到了天使。临走时，我对他说："先生，您刚刚赐予了我和未婚妻一个最快乐的情人节！""不，年轻人，您不知道这房子里发生的事。"老人轻声说。"什么？"我停下脚步。"我和老伴儿结婚67年，上周她走了。周二是追悼会，周三……"他顿了一顿，我看见眼泪从他脸上淌下来，"周三我们安葬了她，周四亲戚们都回家了，陪我过完周末，孩子们也回去工作了。"

我点点头，不知该说什么好。"我今天早上坐在厨房里，突然发觉没有人再需要我了。过去的16年，老伴儿身体弱，每天都靠我照顾。"老先生继续说，"可现在她不在了，谁还需要一个86岁的老家伙？正在这时候，您来敲门并对我说，'先生，我需要您的帮助！'我想自己一定是遇到了天使。"

## 心灵寄语

当你被世界抛弃时，要相信天空会给你一个拥抱的。有爱的人都是天使，为什么我们找陌生人帮忙的时候都会往坏的方面想呢？

**人性的爱抚**

# 一直等你来

流 沙

  有家企业招聘员工，经资格审查后，进入笔试的有近30个人。

  考试那天，天气奇热。考试进行到一半时，有一位考生突然昏倒，监考的两位工作人员慌忙奔过来，只见那考生脸色煞白，已经昏迷过去了。

  两位工作人员一时手足无措。但考场上没有人站起来，他们都在奋笔疾书，只有坐在那考生后面的一个大个子考生站起身来，说："老师，快拨120。"说完，大个子放下手中的笔，想和工作人员一起，把这名昏迷的考生背下楼。

  两位工作人员让他继续考试。这时，那昏迷的考生开始抽搐，情况很危急，工作人员想把他背下楼，等急救车，但就是背不起那考生。

  大个子考生见状，再次放下手中的笔，主动帮工作人员把这名昏迷的考生一起抬到楼下。

  大个子考生返回考场的时候，考试结束时间快到了。

  几天后，成绩公布了，大个子考生排在第15位，无缘进入面试。后来工作人员调出他的试卷，发现他最后三道题没做。工作人员分析，这可能是他没有时间的缘故。

大个子的落选让工作人员感到过意不去,他们向老总反映此事,认为在那种场合,考场里没有人放弃考试去救人,唯有他这样做,非常难得。但领导认为,如果"破格"录取,就破坏了游戏规则。

大个子考生后来得知那男孩患有心脏病,因为抢救及时而脱离了危险,他为此感到很开心。

后来他进入了另一家企业工作。几年间,陆陆续续换了不少工作,一直不顺心。而当年的那家企业,经过几年的发展,已在城里颇具影响力。

4年后,那家企业扩大规模,再次招聘。大个子闻讯后,再次前来竞聘,这次他顺利地杀入复选圈,并得到了最后的面试机会。

当他走到主管办公室时,主管态度平和地询问了他的情况。

问完所有问题后,主管说:"你4年前曾应聘过,我这里还有你的资料。"

他有些惊讶,连说是的。

主管说,当年你笔试成绩不理想,没有入围。他有些吃惊,4年了,主管竟然记得那么清楚。只见主管微笑着,轻声说:"也许你已经忘记了,4年前,你帮我一起背一个病人下楼,因此影响了你的发挥,我这些年来一直有点内疚,一直在等你来。"

他这才知道,面前这位主管就是当年监考的工作人员之一。一个月后,他如愿成了这家企业的员工。

他为这件事流过泪。他说,想不到在这个人与人之间情感越来越淡漠的世界上,还有如此的温情。

好人有好报,善良的人一定会有好的结果,善良的种子会开花。人哪,你要有善良的心,丰富的心灵,高贵的灵魂,这样你才无愧于人的称号,你才能够作为真正的人在世间生活。

人性的爱抚

# 另一种高贵

姜钦峰

当《卧虎藏龙》一举捧得四项奥斯卡奖时，圈内朋友立即兴奋地告诉她，"你拍的电影得大奖了。"她的眼里闪过一丝亮光，转瞬即逝，重归于波澜不惊。其实，她是名替身演员，因为总是藏在别人后面，见不得光，朋友们都习惯叫她"影后"。

几年前，《卧虎藏龙》开机时，她被招入剧组，给章子怡做武打替身。那个剧组才是真正的"卧虎藏龙"，从演员到导演，哪个名字不是如雷贯耳？没有人知道她何时来过，也没人留意她何时走了，毕竟她只不过是个小小的替身，人们看不到她的真面目，演职员表上连她的名字都没有。于是她想，得奖就得奖吧，与我何干？

没想到，几天后制片主任忽然给她打来电话说，"李安导演回来了，特别交待要请所有的工作人员参加庆功会，你一定要来啊。"那几天，她待在家里正好没事，于是就去了，反正闲着也是闲着，去看看大明星们的风采也不错呀。

庆功会变成了欢乐的海洋，镁光灯闪烁不停，群星耀眼。她找了一个不起眼的角落坐下，在那种场面，她实在太渺小了，小得没人感觉到她的存在。人们

争相过去跟导演李安打招呼，热烈祝贺，亲切地抚摩小金人，然后拍照留念。她多想过去和导演握握手，亲手摸一摸小金人哪，可是她更清楚自己的分量，事隔近两年了，万一导演不认识自己，岂不是大出洋相？正在胡思乱想之际，李安一眼看见了她，立即让助手把她叫到身边。"小姑娘，我记得你。你看，这是咱们的奖杯，快拿着奖杯拍张照片吧。"李安亲热地招呼她，像老朋友见面一样。也许是事出意外，又或许是过于激动，她的脑子里瞬间变得一片空白，慌忙接过小金人，快门适时地按下，令她终生难忘的画面定格了。那天回到家，她大哭了一场。

几日前，我在电视上看到她亲口讲述了这段经历。她还拿出了那张照片给大家看，照片上她和李安并排而立，一起捧着小金人，李安依然是儒雅地微笑，而她的表情则略带拘谨，紧张与兴奋难以言表。她说："李安导演那时已经名满全球了，真没想到，这样的大人物会主动请我照相。当我捧起奖杯时，突然感觉到自己并不渺小，那是一种从未有过的荣誉感和自豪感！"想必，这是她一生中最美好的回忆吧。

一个是著名国际大导演，一个是无名替身演员，在世俗的眼光里，二者地位相差何止万千，但是李安却不这么认为。"这是咱们的奖杯。"简单而朴实，不仅饱含感激之情，更有发自肺腑的真诚与尊重。有人说，学会平视权威，会让人变得高贵，其实尊重弱小又何尝不是呢？李安以一部《断背山》再次向世人证明了他的电影才华，而这次，他又让我明白了，什么叫高贵。

## 心灵寄语

人依然比宇宙间任何东西都要高贵得多，因为人有一颗会思想的灵魂。我们当然不能也不该否认肉身生活的必要，但是，人的高贵却更在于他有灵魂生活。

人性的爱抚

# 你一定要呼唤他的名字

周海亮

  男人去超市买菜,横穿了马路,他脑子里想着别的事情,并未注意到一辆疾驰而来的汽车。突然男人听到橡胶轮胎发出尖锐的叫声,他的身体腾空而起,击碎了汽车的挡风玻璃。然后男人落下,砸弯了路边的护栏。

  男人感觉不到疼痛。他的神志恍恍惚惚,仿佛世界正在远离自己。男人进入到一条金色的通道,远处一片霞光。男人顺着这条通道往前走,他知道他的家人就站在身后,可是他停不下来。仿佛那是别人的双腿,不受控制。他希望有人能够拉住他。哪怕,仅仅唤一声他的名字。

  真的有人拉住了他。真的有人在低唤着他的名字。那是一位年轻的女子,好像是他的爱人,又好像不是。那只手紧紧地握着他,轻轻地牵着他往回走;那声音温柔并且焦急,让他不忍拒绝和离开。男人在呼唤声和手的牵导下,神志一点一点地回归。他听到急救车鸣啦鸣啦地叫着,由远至近;他知道周围挤满了乱哄哄的路人;他感觉自己的身体被撕成了碎片,疼痛难忍;当然,还有那双手。那双手一直陪伴着他,那声音也一直轻唤着他,直到他再一次昏迷。

  两天后男人在医院里醒来。第一眼,就看到了自己的女人。女人坐在床头,

轻轻地握着他的手。他朝女人笑笑，然后痛苦地扭动了一下身体。他发现自己的腿还能动，尽管异常艰难。男人感到一种天崩地裂的幸福，他在这种幸福中快乐地睡去。

终于男人能够下地走动，他给女人讲他遭遇车祸时的感觉。他说如果不是你及时赶到，如果不是你一直握着我的手并轻唤着我的名字，我将极有可能永远不会醒来。

可是，那并不是我呀！女人说，在我赶到的时候，你已经被护士抬上了急救车。

那你怎么知道我出了车祸？

是一个女人打电话通知我的，那时，我正在洗手间洗衣服，女人说，难道是她……

女人从手机里导出了那个电话号码。拨过去，果然是她的声音。他们坚持要请她吃饭，她推辞着：举手之劳而已……男人说，你一定要来，倒不是别的，而是，我想弄明白一件事情。

两个月后他们聚在一起，那时男人已经基本康复。那是男人第一次看到她的样子，她的脸上有一道很明显的伤疤。男人说，谢谢你，可是你怎么知道我的名字和我家的电话号码呢？

她说，你的口袋里掉出一本通讯录，你的名字和家里的电话号码都在第一页里写着。

男人说，是你一直握着我的手并轻唤着我的名字吗？肯定是。当时，神志模糊的我还以为是我的爱人……我问过医生，他们说这对挽留一个人的生命很重要。难道，你以前是学医的，或者学心理学的？

她笑了笑说："都不是。我之所以这样做，只因为几年前，有人曾经也对我这样做过。我知道那是一位陌生的男人，可是我找不到他。"女人指了指自己的脸,接着说,"这道伤疤,就是那场车祸留下的。其实我根本没有做什么,在那时,我所能做的,只有握着你的手,轻轻叫你几声。我也不知道这有没有用,只是重复和延续了那个男人的所为……"

在很多时候,面对一位正在经历灾难的孤单的人,我们的确无能为力。但至少,我想,我们还可以握着他的手,然后告诉他:你并不孤单。如果有可能,你一定,要呼唤他的名字。理由很简单,因为在那时,你是离他最近的人。

## 心灵 寄语

当别人遇到困难时,即使我们帮不上忙,还可以给予他精神上的鼓励,因为精神上的鼓励更会让人重拾信心。

# 守时的末班车

张 翔

有一个晚上,我被一个老公交司机感动了。

那天晚上11点20分,我从朋友的酒吧跑出来,赶上了最后一趟11点30分的末班车。我上去时,车已经挤满了人,我好不容易才挤上,在门边站稳了脚。司机是个看上去很和蔼的老人,他很友好地问我站好了没,我点头说好了,然后他按键关上了车门。

我以为这是要走了,但老人却没有发动汽车,微笑地凝望着车外那些没有赶上车的人,并且手摆着,示意坐不下了。有人敲打车门的时候,他就大声告诉他们:"坐不下了,打的去吧。"

车外还有人有些不甘,骂骂咧咧地敲着车门,一副恼火的样子。但老人始终微笑着摆着手。

而坐在车内的人也开始有些骚动了,叫嚷着要他开车,而他举起手,说:"到时间就开!"

"反正已经坐满了,你还不开车干什么! ……"车上的人开始有些不满,纷纷指责他,但老人显然没把指责当回事,自己看着手表却不吭声了。

## 人性的爱抚

一到11点30分,他准时发动了车子,这时车内的吵闹声才停了下来。只是有个打电话的人,还在电话里嘟囔着对老人的不满。

车行了一路,人们慢慢地下车了。我的住处在终点站,于是一直安稳地坐着。

到最后一站的时候,车上只剩下了我一个乘客,我开始和他攀谈起来。我问他:"你们公司对你们的时间安排要求很严格吗?每次发车都要准时吗?"

老人笑了,反问道:"哪有那么严格哦!每次路况都不一样,怎么可能准时呢?"

"那刚才坐满了人,你怎么还不开呢?"

"这你可能不知道了,因为这是末班啊!提前走了的话,那些准时来等车的人会以为我们迟到了的,有的人可能就会一直等下去了。这么凉的天,这样等下去多不好啊!所以我们必须等时间到了再走,哪怕让他们看到一辆载满了人的末班车,死了心也好哇,起码他们可以打的早点安全回家。"

我顿然惊醒,心中升起一股暖流!原来老人背负着车外车内的人的误解和责骂,只是为了给准时来坐车的人一个失望的答案,同时也是让更多的人顺利回家呀!

到站的时候,我起身下车。走到车门的时候,我回头对他真挚地说了一句:"谢谢!"秋日的夜风有些许寒冷,但是我的心却暖意融融……

## 心灵 寄语

老人对于他人的关爱溢于言表。一个将心比心、设身处地为他人着想的人,一个能积极换位思考的人,是个高尚的人,是个值得尊敬的人。

# 敬　启

本书的编选参阅了一些期刊报纸和著作的文字以及图片，由于多种原因我们未能与部分入选文章和图片的作者（或译者）联系。敬请原作者（或译者）见到本书后，及时与我们联系，我们将按国家有关规定支付稿酬并赠送样书。

编委会

邮箱：chengchengtushu@sina.com